KB162157

나는 홀로 서럽고 하늘 길은 아득하고

장봉숙 수필집

오비올프레스

돌아보니 축복입니다

만년 소년 같던 당신
어느새
머리에 무서리 내리고
세월의 무게 만만찮아
쳐진 어깨
아릿한 저림으로
마음이 젖습니다

묵은 세월 거스르며
되돌아 본 삶의 길이 아득한데
함께 웃고 함께 울며
쌓아 올린 보금자리
아늑하고 따뜻합니다

해 같은 아내 되지 못했어도
품어 준 사랑 바다 같아
날 보는 눈들
무슨 복 타고 나 저리 당당한 가
부러움 눈길 따가웠지요

늘 변함없이 묵묵했지만
그 마음자리로
두 남매 품어 저리 반듯하게 성장하였고
처 부모 지극 정성 봉양하며
눈 살 한 번 찌푸리지 않았습니다

오늘 갑년을 맞아
형제들과 조촐한 식사 한 끼면
되었다 하더니
아끼고 사랑한 제자들 불러
기꺼워하고 싶었던 속내
알아채지 못한 아둔한 아내는
이제야
그 속내 헤아리며 얼굴 붉힙니다

누가 뭐래도
잘 살아 온 당신

나는 압니다
세상의 어떤 부자
부러울 것 없는
당신은 작은 거인입니다

살아온 날보다 살아갈 날 짧다하여도
당신의 남은 생
아직도 푸른 꿈
열 손가락 다 펴고도 남습니다

기쁘게 감사하며
당신 가는 길
응원하고 격려하며 곁에 있겠습니다

하느님의 평화가 가득한
축복의 날
존경과 사랑으로
당신의 갑년을 축하합니다

당신의 아내여서 행복했습니다
돌아보니 축복입니다

나는 홀로 서럽고 하늘 길은 아득하고

나는 홀로 서럽고 하늘 길은 아득하고

차례

4부

1부

불청객

"내가 간암이래, 암세포가 반 이상을 덮었다네." 평소보다 일찍 퇴근을 한 남편의 입에서 나온 말이다. 무덤덤한 표정으로 남의 말 하듯 그렇게 날벼락 같은 병명을 듣는 순간 머릿속이 하얗게 비워졌다. 나는 할 말을 잃는다. 위로와 용기를 주는 언어는 실종되었다. 슬며시 주방으로 가 수도꼭지를 틀고 쌀을 씻어 밥솥에 안치며 나는 하늘이 무너져도 솟아 날 구멍이 있다는 속담을 기억해 낸다. 방법을 찾아야한다는 일념이 머릿속을 점령한다. 식탁에 마주 앉아 식사를 하면서도 둘은 꿀 먹은 벙어리다. 수저를 놓자마자 컴퓨터를 열고 간암 전문 명의를 찾기 시작했다. 이십 여분 인터넷 서핑에 여념 없는데 남편이 서울대 병원 김○○박사에게 예약을 하란다. 지체 없이 예약을 넣었더니 한 달 후로 잡힌다. 이삼 개월은 족히 걸린다는 서울대병원 예약이 한 달 후로 잡힌 것만으로도 숨이 쉬어졌다.

갑자기 집안에 투병이란 전운이 감돈다. 우리부부의 삶 속으로 간암이란 불청객이 찾아들었으니 그놈을 몰아내기 위해 공동전선을 펼쳐야 했다. 지피지기면 백전백승이라 했으니 세밀하게 간암이란 놈을 알아야 했다. 그 다음 간암에 좋은 식자재를 찾고, 좋은 물을 마시도록 해야 한다. 또 한 가지 신앙의 힘을 빌리지 않을 수 없다. 하느님께 치유의 은총을 청하며 영과 육의 균형을 맞추는 일이다. 노트에 빼곡하게 검색한 식자재 자료를 메모하고 당장 치유를 소망하는 9일기도를 하기로 한다.

남편과 나는 간절함을 담아 9일기도 시간을 갖는다.

불청객은 지금까지 평온했던 우리 부부의 일상에 끼어들어 매우 불안한 요인이 될 것이다. 그러나 '어떡하지?'란 우려와 두려움 대신, 들어 온 손님을 다독이며 잘 이겨 내겠다는 긍정에너지로 단단히 마음의 무장을 한다.

간절한 마음이 하늘에 닿는다

집회서 말씀이다. '간절한 마음이 하늘에 닿는다.' 성서 말씀이 희망이 된다.

무소부재, 전지전능한 분을 믿는다는 것은 희망이다. 나는 남편의 쾌유를 빌기 위해 거의 하루도 빼 놓지 않고 남양성모 성지를 찾았다. 촛불을 밝히고 성모님 발밑에 치유의 기도문을 써 끼워 넣고 미사봉헌을 했다.

묵주기도 길을 걸으며 성모님께 간절히 환희, 빛, 고통, 영광의 신비를 묵상했고, 십자가의 길 기도와 자비의 기도를 바쳤다. 집에서는 촛불을 밝히고 둘이 앉아 9일기도를 정성껏 바쳤다. 기도의 은총이었을까, 집안 분위기는 차분하고 평화로웠다.

간절한 마음이 하늘에 닿는다 했으니 두려움도 걱정 근심도 모두 그 분께 봉헌하면 되었다.

제가 건강하게 해드리겠습니다

병원 예약일이다. 며칠 전부터 담이 들어 통증을 호소하는 남편이 손수 운전하기 어려울 것 같아서 시동생에게 부탁을 했다. 아무에게도 알리지 말라는 남편의 금기를 깬 것이다. 자식들에게도 아버지의 병을 알리지 않았다. 간암외래병동을 찾아 미리 찍은 영상파일을 내밀었다 담당의사는 웃음을 띠면서 환자를 맞이했다.

"잘 오셨습니다. 종양이 좀 크긴 하지만 제가 건강하게 해드리겠습니다."

따뜻한 이 말에 환자도 가족도 큰 위로를 받았다. 의사는 병실이 없다는 말을 하며 매우 미안해했다. 병실이 나는 대로 빠르게 입원 날짜를 잡을 테니 집에 가서 편히 기다리라 했다. 많은 사람들이 북적거리는 병원을 나서며 앞으로 이 병원역할이 남편에게 중요한 생의 전환점이 될 것이란 생각이 들었다. 착잡했다. 의사의 확신에 찬 말이 남편에게 위로가 된 모양이다. 병원을 나서면서 통증이 풀렸단다.

집으로 오는 길에 백운 호숫가 식당에서 늦은 점심식사를 했다. 정식이 깔끔하다. 형의 병명을 알게 된 시동생의 염려가 무겁다. 이년 전 암으로 아내를 잃은 시동생이다. 가볍게 여길 병마는 아니지만 좋은 의료 환경과 좋은 식자재로 면역력 관리만 잘하면 별 일 없을 거라며 동생을 안심시키는 남편이다.

호수를 끼고 카페와 식당이 줄을 이었다. 볕이 따사하게 몸을 감싼다.

수술이 가능해졌습니다

정확하게 일주일 만에 입원실이 주어졌다. 일인 실이다. CT, MRA 검사를 차례로 하고 결과를 기다린다. 오후 5시경 주치의가 들어섰다. 팔짱을 끼고 30초 정도 침묵하고 있는 의사에게 남편이 먼저 입을 열었다. 침묵의 의미가 두려웠나보다.

"선생님 힘들겠지요?"

남편의 질문에 의사가 손사래를 친다.

"아니 아닙니다. 검사결과 수술이 가능해졌습니다."

희소식이다. 마음속에서는 '아 살았다. 하느님 감사합니다.' 안도의 숨을 내 쉰다. 수술이 가능하다는 것은 회복율이 높다는 것이다. 의사선생님께선 맨 처음 본 영상에선 수술이 불가능하게 보였단다. 그런데 이번에 다시 한 검사 결과가 의외로 희망적인 결과로 나온 것이다. 남편은 눈물을 흘렸다. 나도 가슴을 쓸어 내렸다. 주치의는 다른 곳의 전이를 의심해서 PT검사를 할 차례란다. PT는 몸 전체를 보는 검사다.

아침에 주치의는 기분 좋은 소식을 들고 왔다. PT결과에서도 별 다른 이상이 없단다. 그러면서 수술 집도의와 수술 팀 구성이 될 때 까지 일단 퇴원하란다. 남편은 심기일전되었다. 표현은 안했지만 그동안 얼마나 마음을 졸이며 애를 태웠을지 가늠이 되었다. 남편 얼굴에 환하게 웃음이 피었다. 사람을 살리는 일도 생을 끝내는 일도 하느님이 하시는 일이니 그 분께 의탁하자며 집을 꾸려 병원을 나선다.

이 환자, 기분 좋습니다

2017년 1월 5일 am11:00 간 절제술 하다.

레지던트가 찾아와 내일 수술에 관해 상세한 설명을 한다. 처음엔 시술로 결정했다가 다시 절제술로 결정했단다. 수술은 3-4시간 소요 되고 수술도중 발생할 만약의 사태에 관련해 보호자 도장을 받는다. 어떤 경우에도 병원 측이 책임을 피하겠다는 것이다. 수술실에 들어 간 후 나는 보호자 대기실에서 교우들에게 수술시간에 맞추어 기도를 부탁하는 문자를 날린다. 수술한 환자들이 전광판에 뜬다. 어떤 환자는 중환실로 어떤 환자는 회복실로 나뉜다. 여기서도 보호자들은 천당과 지옥을 오간다.

남편이 수술실로 들어갔다고 이름이 뜨더니 의외로 예정시간 보다 빠르게 회복실로 전광판에 뜬다. 너무 반가운 마음에 회복실로 달려갔더니 입구에서 저지다. 회복시간이 한 시간 정도 소요되니 보호자 대기실에서 기다리란다. 보호자 대기실에서 기다리고 있는데 한 시간이 안 되어 남편 호명과 함께 보호자는 입원실로 오라는 멘트가 나온다. 한달음에 입원실로 가니 환자가 누워 있다.

회복실에서 빨리 나온 것은 그만큼 회복이 빠른 것이리라. 보호자가 지켜야 할 주의사항을 들으며 나는 지옥에서 천당으로 들어선 느낌이다. 견디어 준 환자가 고맙고 수술을 집도한 집도의가 감사하다. 의료시스템에 의해 남편은 회복될 것이고 건강한 일상으로 돌아갈 것이다.

수술 다음 날, 집도의 서경석박사의 회진이다. 간단한 검사 후 의사가 말한다.

'이 환자 기분 좋습니다. 회복 속도가 좋습니다.'

얼마나 듣기 좋은 덕담인가, 그렇게 수술 일주일 후 환자는 퇴원이 가능 할 만큼 회복이 되었다. 퇴원 한 달 후 치료 경과를 보기 위해 진료를 받았다. 잘 치료 되고 있다는 긍정적 답변이다. 그리고 5개월 후 의사로부터 완치 판정을 받았다. 그리고 남편의 모든 차트는 외래로 넘겨졌다. 어려운 고비가 지난 것이다.

이제 3개월에 한 번씩 외래 진료를 받게 되었다. 다음 진료 예약을 하고 집으로 돌아오는 발걸음이 가볍다.

2부

둔내일기

01.

비 오는 마을은 암채색이다.

루드베키아가 노란 꽃등을 켜고 요염한 자태를 뽐낸다.

자박자박 빗소리 장단에 맞추어 빗방울이 왈츠를 춘다.

시계 초침이 규칙적으로 존재감을 드러낸다.

격자창으로 바라보는 앞산은 검게 내려앉은 하늘에 질려
물안개를 피우며

함께 검어지고 있다.

먹물 같은 침묵 속으로 마을이 잠긴다.

02.

생일 전 날 아침이다. 수라간엔 딸과 며느리가 들어서서
생일상을 차린다며 나를 내친다. 추석 연휴 길이 정체될 것
을 우려한 남편이 오늘 중으로 자식들을 보내기 위해 벌어
진 일이다. 엄마 생일 날 떠나면 길에서 고생할 것을 우려한
남편의 마음 씀이다. 덕분에 운동 삼아 동네 길을 걷는다.
아들과 사위가 아랫마을에서 활기찬 걸음걸이로 올라오고
있다. 고슴도치 엄마 눈엔 어디 내 놓아도 손색없는 훈남 둘
이다. 든든하다.

생일상이 그득하다. 먹지 않아도 배가 차오른다. 고맙고
기껍다. 식사 후 남편은 사위와 아들에게 미션을 준다. 나무
에 거름주기다. 손자 손녀는 사과 따기다. 어린 손자의 풍경
소리 같은 청량한 목소리가 뜰에 가득하다.

"사과가 풍년이네."

03.

연휴가 끝난 마을은 적막하다. 어제 주일미사 끝난 후
청태산 휴양림 데크 길을 걸었다. 정자에 누워 보기도 하고
두런두런 싱거운 이야기도 나누었다. 주먹밥 점심식사를 하

면서 소풍 나온 기분을 만끽했다. 자주 오자는 내 제안에 남편은 무응답이다. 집에 들어서자마자 손자의 목소리가 듣고 싶었는지 손자와 전화통화다. 청량한 아이 목소리가 전파를 타고 거실에 찰랑거린다.

아이에게 할아버지를 맡기고 꽃 잔디를 떼어 이식한다. 집 안 곳곳에 똬리 튼 민들레를 캐어 다듬어 살짝 데치고 말리기까지 그렁저렁 시간 보내기 안성맞춤이다. 항암성분이 많은 식자재는 무조건 말려서 보관한다. 남편 몸에 동거 중인 암세포를 뿌리째 뽑겠다는 내 의지의 행위다. 다행스런 것은 문밖에 나서면 건강에 좋은 식자재가 널려 있다는 것이다.

가을 냉이, 망초, 쑥은 나물이나 튀김용으로 제격이다. 밭엔 가지. 오이 당근, 부추, 호박이 대령하고 있다. 지성이면 감천이라 했다. 하느님께 의탁 했으니 그저 하루하루 충실하면 되었다.

—
04.

둔내 집에 혼자 남은 남편을 위해 기쁨조 겸 세프 두 분을 파견 했다. 준비해 온 식자재가 넘쳐 난다며 카톡으로 저녁상을 자랑한다. 상위에 푸짐하게 올라 온 메뉴를 자세히 보니 며칠 두고 먹을 반찬이 통째로 올라와 있다. 걱정은 접어도 되겠다. 세 분이서 무얼 먹던 즐거움이란 식자재가 플러스 되었으니 이만하면 땡큐다.

두 분 세프 덕에 오늘 후배와 영화를 보게 되었다.

나에겐 굿데이다.

05.

어제부터 안흥 찐빵 축제가 시작 되었다는 뉴스에 즉석에서 오늘 일정에 넣었다. 별로 내켜하지 않는 남편을 일으켜 세워 안흥으로 향했다. 가는 길은 가을 물이 깊어지고 잘 여문 곡식들이 농부의 손길을 기다리고 있었다. 7080음악이 행사장을 달구고 매장마다 호객 아이디어가 눈길을 잡는다. 행사장 가까이 지인의 전원주택이 있어 전화를 걸었다. 다행히 어제 와 있다는 말에 불러내어 소머리국밥으로 점심을 함께 하고 홍천의 명품 잣과 방사 유정란 그리고 손두부 한모 사들었다.

예까지 왔으니 지인의 집 구경은 당연한 일이었다. 지인의 남편은 올 초 하느님 곁으로 가셨다. 투병 중에 공기 좋은 곳에서 요양 겸 시골 살이 하겠다고 이사한 후 한달 만에 서둘러 떠나버린 것이다. 지인은 이 집을 팔려고 했다가 주변의 만류로 차일피일 했다며 이제는 그냥 왔다 갔다 하며 살기로 마음을 굳혔다고 했다. 눈가에 눈물 마를 새 없는 지인의 상실감이 언제쯤 메꾸어질지 먹먹하고 안타까웠다. 텃밭 가득 무우 배추는 무시로 속을 채워가고 있고 가을 경치는 눈부시게 빼어났다. 풍취 좋은 곳에서 마음 잘 다스리고 꿋꿋하게 홀로서기 하길 간절히 바라며 무거운 마음 안고 텃골 집으로 향한다.

─────
06.

두 달에 한 번 모임 하는 초등학교 코흘리개 친구들이 텃골 집에 왔다. 봉고차를 렌트하여 먼 길을 달려 왔다. 남편을 먼저 올려 보내고 나는 남아 손님을 맞았다. 평창올림픽 때문에 길은 아직도 공사 중이어서 가다서다 하는 느림보 운행에 두 친구가 차멀미로 늘어졌다. 관절 때문에 앉고 서는 일이 쉽지 않은 친구도 있다. 가는 세월의 무게가 만만찮다. 나름 손님을 위해 정성스런 점심상을 준비했다. 달리 할 일이 있는 것도 아니어서 집 가까이 있는 청태산 휴양림으로 향했다.

후두둑 비가 떨어진다. 차 안 수다에 내비게이션 안내를 못 듣고 차는 경로 이탈을 해 버렸다. 운전자는 방향전환을 거부하고 계속 직진이다. 달리다보니 제법 경관이 출중한 수목원이 앞에 기다리고 있다. 내년 4월까지 입장료가 무료다. 일행들은 무조건 수목원 안으로 빨려 들어간다. 귀여운 소국들이 방긋거리며 일행을 반긴다.

아담한 건물에 1층은 공예품 전시실이 들어섰고 이층은 카페다. 따뜻한 자몽주스를 들고 옥외 파라솔 밑으로 옮겨 앉았다. 시원스런 조망을 바라보며 코흘리개 시절의 동심들이 희희낙락이다. 천진무구한 마음과 달리 얼굴에 패인 주름이 애잔하다.

07.

조금 이른 듯 했지만 배추에 이상 징후가 보여 서둘러 김장을 했다. 올해는 막내 시동생 내외가 동참하여 일손이 넉넉했다. 딸 부부의 서툰 일솜씨를 무던히 예쁘게 봐주느라 약간 신경 쓰였는데 능숙하고 부지런한 동서의 일손은 천군만마다. 80포기 김장을 하루에 거뜬히 마무리할 수 있었던 것은 출중한 시동생 내외의 공이 아닐 수 없다.

동네는 가을 물이 한창이다. 곱게 물든 단풍으로 치장한 동네의 풍경을 사진으로 저장 한다. 우리 집 바위 위 벚나무도 나뭇잎에 고운 물감을 들였다. 올 봄 만개한 꽃을 보지 못해 아쉬웠었는데 곱게 물든 단풍으로 충분히 보상이 되었다.

텃골의 가을걷이는 김장으로 마무리 한다.

08.

눈을 뜨니 마을은 밤새 내린 눈으로 하얗게 면사포를 썼다. 눈부신 설경에 절로 탄성이다. 어제 아침 남편은 서둘러 손수 운전하여 텃골 집으로 왔다. 허리통증을 무릅쓰고 남편의 뜻에 부응한 선물이다.

타닥타닥 장작 타는 소리, 커다란 주전자의 물 끓는 소리가 좋다.

벽난로가 주는 기쁨이다. 주님의 날인데 남편은 길이 미끄럽다는 이유로 성당에 가지 않겠단다. 이유는 또 있다. 남편은 밤새 독소 빼는 매뉴얼 실천으로 제대로 수면을 취하지 못했을 테고 내 허리 통증을 배려해서다.

남편의 뜻을 존중하기로 하고 우린 마주 앉아 공소예절로 주일 미사를 대신한다.

거실은 따뜻하다. 남편의 언어 온도도 그만큼 올라가 있다. 건강을 잃고 생긴 현상이다. 알게 모르게 일상 안에서 언어의 온도가 빙점을 유지한 적이 얼마나 많았던가,

입주민 마을 회장님과 총무님이 길 위 눈을 치우고 있다.

마음은 부리나케 달려가 함께 하고 싶었으나 허리통증이 절레절레 도리질이다. 아무래도 며칠 더 살살 달래면서 슬로우 모션으로 통증에 아부를 해야겠다. 한낮 기온은 영상10도란다.

따뜻한 우엉 차 한 잔 마시며 펼쳐진 설경을 즐긴다.

눈 덮힌 마을 어디엔가 백설 공주와 일곱 난장이의 오두막이 있을 법한 상상을 하면서 나는 오랜만에 충만하다.

———

09.

느닷없는 길냥이 두 마리의 방문이다. 창밖에서 안을 들여다보는 길냥이 눈망울이 배고파 보여 애잔하다. 놀라 달아날세라 살그머니 현관문을 열고 삶은 고구마를 놓았다. 이리저리 탐색하더니 돌아선다. 생선 아니면 안 먹는다는 남편 말에 마른 멸치 한 줌을 종이 받침위에 놓아 주었다. 냄새를 맡더니 코를 박고 맛있게 먹는다.

냥이를 입양하고 싶은 마음이 모락모락 올라온다.

냥이들과 눈싸움하며 보낸 한나절이다.

냥이 대접하느라 마른 멸치 봉투가 헐거워졌다.

10.

자연의 섭리는 한 치 오차가 없다. 꽃들은 피고 지는 임무를 정확하게 수행한다. 화려했던 분홍의 봄꽃이 지고 매발톱과 으아리, 하얀 마가렛이 뒤를 잇더니 붓꽃, 인동초, 금계, 달맞이꽃이 환하다. 복숭아, 사과, 배, 자두가 토실토실 살을 찌우고, 보리수가 익어간다.

남편을 위한 무농약 건강채들이 싱싱하다. 고추, 토마토, 가지, 오이, 호박도 열매를 맺었다. 케일인 줄 알았던 브로컬리가 제법 큰 송아리를 내밀었다. 잔디밭을 밀던 남편이 안 보인다. 아마도 힘에 부쳤나보다. 시동생 내외는 도라지밭 풀 뽑으러 갔으니 새참을 준비한다. 점심식사 식재료인 토종닭을 손질하고 부재료를 먼저 솥에 넣고 불을 붙인다.

위장전입 고수인 뻐꾹이 울음소리 요란하다. 남의 둥지에 제 알을 집어넣고 시침 뚝 떼는 심보가 밉지만 아마도 기막힌 사정이 있지 않겠나하는 연민이 앞선다.

11.

어김없이 주님의 날 아침은 설경이다. 입주민은 벌써 눈길을 뚫었다. 경사진 길에 혹여 빙판이 생길까봐 서둘러

길을 쓰는 것이다. 마을엔 눈을 쓸어내는 기계를 일찌감치 장만하였다. 집 앞이라도 쓸겠다며 남편이 서둘러 나간다. 내 집 앞만이라도 쓸어야 마음이 편할 남편이다.

남편에게 병이 생긴 이후 두 집 살이가 계속되고 있다. 건강관리에 소홀함이 없던 남편이었는데 노년을 암과 맞서 살게 되었다. 의학적인 치유 방법이 백 가지라면 자가적 자연치유법도 백 가지가 된다는 광고를 우연히 전철 안에서 보았다. 난 남편에게 자연치유법을 권하고 있는 중이다. 첫째 물, 둘째 마음, 셋째가 식자재다. 음악도 치유프로그램 중 하나다. 저녁 기도 후 남편은 성가를 부른다. 듣는 나도 은혜롭다.

아침은 소식이다. 신선한 야채에 뜨거운 김을 살짝 올린 샐러드 한 접시, 버섯과 채소를 다져 넣은 들깨죽 반 공기, 심심하게 청국장찌개, 우엉과 콩자반에 차가 버섯가루를 뿌려 낸다. 그리고 여주 홍일선 시인이 보내 주시는 삶은 계란 한 알이다. 일어나자마자 양치 후 사과 반쪽도 필수다.

우울한 기분이 들지 않도록 신경을 쓴다. 그래서 내 목소리 톤은 항상 솔이다. 남편의 병이 아니었으면 나는 계속 일을 벌이며 밖의 활동에 주력해왔을 것이다. 내가 해야 할 일, 있어야 할 곳에서 나는 담담하다.

벽난로 앞에 앉아 남편은 잘 익은 홍시를 맛나게 먹고 있다. 거실 깊이 내려앉은 햇살이 그의 등을 따뜻하게 감싸고 있는 풍경이 좋다. 남편의 투병생활은 만만찮은 것이나 기꺼이 나누어지고자 하는 나의 정성이면 분명 그 분께서도

힘을 보태주시리라 믿는다. 무엇보다도 하느님께서 든든히
지켜주고 계시니 무엇이 두려우랴.

12.

둔내 오일장이 서는 날이다. 유정란을 사기 위해 장에
들렀으나 유정란이 보이지 않는다. 대신 생선가게 앞에 섰
다. 믿거나 말거나 자연산이라는 우럭 한 마리와 국산 조기라
며 침 튀기며 강조하는 아재 말 믿고 조기 한바구니 담는다.
　장은 한산하다. 시골 장은 오전에 활기가 있다. 튀김 집에
서 왁자지껄 소리가 난다.
　겨울 별미는 역시 즉석에서 튀겨내는 바삭한 튀김과 떡볶
이다. 하나로 마트에서 유정란과 매운탕에 넣을 쑥갓 한 줌
을 사가지고 서둘러 집으로 향했다. 최근에 눈이 내렸는지
길옆에 눈이 쌓였다. 집에 들어서니 뜰 안 가득 눈이다. 제
법 큰 동물 발자국이 여기저기 나 있다. 눈 때문에 먹이 찾
아 고라니가 내려왔나 보다.
　오자마자 남편은 벽난로에 불을 붙이고 나는 짐을 풀어 정
리하면서 남편의 안색을 살핀다. 청소까지 바라지 않았지만
남편은 문을 열어젖히고 침구를 털고 청소기를 돌린다. 나
는 잽싸게 청소기 지난 자리를 돌며 걸레질을 한다. 난로 앞

에 앉은 남편에게 연시를 내밀며 수고했다는 너스레로 고마
움을 전하고 서둘러 저녁 준비를 한다.

밖은 벌써 땅거미가 지고 있다. 산으로 둘러싸인 마을은
일찍 날이 저문다. 난로가 달아오른다. 거실은 따뜻하고 안
온하다. 식탁에 저녁상을 차리고 마주 앉아 일용할 양식을
주신 그 분께 감사기도를 올린다. 밀레의 기도가 떠오른다.

평범한 일상이 감사한 날이다.

13.

수선화가 뾰족이 고개를 내밀었다. 어제 영하의 날씨
와는 달리 완연한 봄 날씨다. 남편은 시동생 내외와 거름포
대를 나르느라 분주하고 마을 여기저기에서 사람 소리, 톱
질 소리, 못질하는 소리들이 화음을 이룬다. 나는 수원에서
공수해 온 국화를 적당한 곳에 분양하고 나서 채마밭에 성
급하게 점령한 잡초들을 제거했다.

흙이 포슬포슬 풀려 있다. 다음 주 쯤 상추 모종을 심어도
될 것 같다. 거름 포대를 과일 나무와 정원수들 밑에 부려
놓은 시동생 내외는 비닐 봉투를 챙겨들고 냉이를 캐기 위
해 나선다.

일꾼들을 위한 점심 준비는 내 몫이다. 메인은 돼지 목살

을 솔잎에 쪄낸 것과 각종 쌈채와 아귀 탕이다. 물 좋은 아귀를 씻어 앉히고 미리 준비한 육수를 부었다. 콩나물과 미나리를 듬뿍 넣고 마른 고추와 새우젓, 마늘을 믹서에 갈아 간을 맞추었다. 구수한 냄새를 풍기며 아귀 탕이 끓는다. 강황 밥도 다 되어 가는데 일꾼들이 돌아오지 않는다. 한 시간이 지나 돌아 온 냉이 사냥꾼들의 손엔 봉투 가득 냉이가 담겼다. 마을 뒤편으로 가니 온통 냉이 밭이라며 신나게 무용담을 풀어낸다. 솔잎에 쪄낸 목살은 알맞게 부드럽고 촉촉하다. 아귀탕도 칼칼하고 시원했다. 시장기가 입맛을 돋우었다. 맛있게 먹는 모습이 흐뭇하다.

식사 후 남편이 늘 걷는 산길로 향했다. 산길에서 바라 본 맞은편엔 자작나무들이 군락을 이루고 있다. 머지않아 잎을 피우면 마을은 파스텔 톤으로 치장 될 것이다.

나뭇가지들 틈새로 윗마을 아랫마을이 보인다. 마을 회장님 댁에서 개짓는 소리가 요란하다. 오후 햇살이 퍼진 마을은 봄기운에 취해 몽환적이다.

14.

커튼을 젖히니 마을은 두꺼운 안개로 뒤덮여 앞산이 사라졌다. 샛강엔 아침 저녁으로 안개가 깔린다는 기형도 시인의 시가 떠오른다. 창밖에 검은 갈색의 어미고양이가 어슬렁거린다. 안개 속의 고양이는 음흉하다.

물 끓는 소리, 장작 타는 소리가 거실 가득한데 봄날 새벽 안개에 갇힌 마을의 정경에 어둡게 갈아 앉은 마음을 다독이려 페북을 한다. 길냥이 두 마리가 창밖 데크에 앉아 한가로이 봄볕을 쪼이고 있다. 생선 대접 받았으니 좀 쉬었다 가도 되겠다는 여유일 게다.

어제 저녁 식사 후에 아랫집에서 오곡밥과 여러 가지 나물무침 한 상을 보내 왔다. 나물무침으로 아침 밥상 찬은 따로 준비할 이유가 없어졌다.

덕분에 편안한 보름 아침이었다.

미 투 운동으로 세상이 어수선하다며 구 교수님께서 전화를 주셨다.

노시인의 안위가 안타까우셨던 게다. 갑이 을에게 가한 폭력은 분명 범죄다. 한 시대의 풍류로 잘못 알고 행했던 것에 죄를 묻는다면 자유로울 사람 몇이나 될까, 죄 없는 자 돌을 던지라던 예수님 말씀이 생각나는 아침이다.

남편의 생일이다. 아버지 만류에도 딸 내외는 다녀가겠다는 고집을 꺾지 않는다. 갑자기 분주해진다. 아들은 생신을 함께 하지 못한다며 남편에게 용돈을 두둑이 건넸다.

딸에겐 시골에서 올라온 후 식사나 같이 하자고 통보 해 두었었는데 애당초 계획이 물 건너갔다. 밖에서 외식할거라는 딸의 전화였지만 잔뜩 장만해온 식자재를 두고 외식이 걸렸다. 분명 오곡밥에 나물 반찬 구경도 못했을 딸네에게 집 밥을 먹여 보내자는 마음에 행동이 바빠졌다. 아침에 조촐한 생일상으로 어쩌면 서운 했을 남편도 딸 핑계로 점심은 제대로 된 생일상을 받게 되었다. 엄마의 집 밥을 좋아하는 딸 내외다. 오곡밥에 각종 나물과 잡채, 샐러드, 녹두전, 황태구이, 미역국으로 상이 그득했다. 남편도 딸 내외도 맛있게 먹어 주니 내 공력은 충분히 보상을 받았다.

식사 후 남편은 사위에게 장작 패라는 미션을 준다. 일이 서툰 사위가 안쓰럽다. 남편은 손수 시범을 보인 후 도끼와 망치를 건넨다. 사부인께서 아시면 경천동지할 일이건만 남편은 사위도 자식이라며 안절부절 못하는 내가 못마땅하다.

고생한 사위를 위해 내가 할 일은 저녁상을 준비하는 일이다.

굴을 넣어 들깨 탕을 끓이고 생선을 굽는다. 이른 저녁을 먹여 놓으니 남편은 서둘러 떠나라 재촉한다. 집에 두고 온 손녀를 위해 남은 나물과 오곡밥을 싼다.

사방이 산으로 둘러싸인 마을에 아직 햇살이 남아 있다.

무사히 잘 도착했다는 딸의 전화를 받고야 마음을 놓는다.

산등성이 위로 열엿새 달이 환하다.

15.

빗소리에 눈이 떠지는 아침이다.

자박자박 자분자분 안단테다.

아침식사는 단호박과 감자, 야채 전병에 현지 생산된 토마토 쥬스다.

달리 할 일 없는 한가함에 무상무념이다.

검은 물안개가 앞산을 가리고 검푸른 녹음은 더 깊게 갈아 앉는다.

왕원추리가 꽃등 환하게 걸고 행여 길 잃을 마음을 슬몃 잡고 놓지 않는다.

"형님, 커피 한잔 하실래요?

막내동서가 침묵을 깬다.

커피향이 가득하다. 참 좋은 주일 아침이다.

16.

짙은 안개가 걷힌 뒤 햇살이 퍼진 마을엔 봄기운이 감돈다. 오늘은 어미 길냥이 방문이다. 제법 늠름하다. 안을 들여다 보다 나와 눈이 마주치자 슬그머니 뒷걸음치더니 멀찍이 앉아서 꼬리를 감고 앉는다. 거실 안과 밖의 대립각을 세운 듯하다. 능청스레 눈을 떴다 감았다하며 내 시선을 강탈한다.

점심은 외식을 하자던 남편이 돌연 계획을 접고 집 밥을 먹겠단다. 갑자기 일정이 바뀌었으니 내 몸놀림이 분주해졌다. 점심 메뉴는 황태포 계란 파국에 시금치, 미나리 무침과 버섯볶음과 어제 담근 물김치다. 황태계란파국이 시원하다며 밥 한 그릇 뚝딱 해 치운다. 식후 운동 삼아 냉이를 캐려 뜰 안을 서성이다가 정원수들 가지치기를 하기로 마음을 바꿨다. 쓰러졌거나 기운 꽃나무들을 바로 세워주고 웃자란 가지를 전지했다. 오후 햇살이 제법 따갑다. 등에서 땀이 흐른다. 꽃밭을 덮은 낙엽을 거둬내니 꽃 달맞이 가족들이 벌써 얼굴을 내밀었다. 봄꽃들 다투어 필 계절이 문턱에 와 있다. 봄이 지척이다.

17.

어제 취소했던 외식을 하기 위해 집을 나섰다. 앞집 입주민 내외와 함께다. 이왕 나선 김에 멀리 가자 제안 한 것이 평창 올림픽 메인 스타디움이다. 네비게이션은 알펜시아 리조트로 안내를 한다. 그러나 알펜시아 리조트에 메인스타디움이 없었다. 우린 스키 점프대와 스켈레톤 경기장을 눈에 저장하고 자원봉사자에게 길 안내를 받아 차를 돌렸다. 선수촌을 지나 각국 국기가 계양된 곳에 차를 주차하고 유일한 입출구인 6번 게이트로 향한다. 대형버스들이 줄지어 서있고 앳된 중고생들의 재잘거림이 뒤따라온다. 검색대에서 소지품들이 바구니에 담기고 내 가방에서 나온 텀블러가 걸렸다. 직접 마셔보라는 것은 독극물이 의심 되어서 일게다. 봉사자 앞에서 물을 따라 마시고 검색대를 통과한다. 스타디움의 출입구는 모두 폐쇄되어 있었다. 의자 등 기물 파손 우려 때문이라는 봉사자의 설명이다. 성화대 앞까지 걸어 올라갔다.

개막식 당시 아름다웠던 영상을 기대한 것은 아니었으니 그 당시를 떠올리며 성화대를 바라보는 것으로 만족해야 했다. 기념품 가게에서 손자 손녀 몫의 수호랑과 반다비를 샀다. 패럴림픽 경기를 직접 보지 못한 아쉬움을 마음속으로나마 응원을 한다.

신체적 장애를 딛고 갈고 닦은 기량을 최선을 다하여 땀 흘리는 선수들이 자랑스럽다. 자원봉사자들의 친절한 안내가 인상적이다. 패럴림픽이 성공적으로 유종의 미를 거두기를 바라며 스타디움을 나섰다.

어느 새 점심때가 기울었다. 시장한 속을 뜨끈한 강원도 옹심이로 채웠다.

18.

한 겨울처럼 함박눈이 탐스럽게 내린다. 꽃봉오리를 내밀던 수선화가 동상이 걸렸다. 제일 먼저 꽃망울을 터트리는 미선나무도 새파랗게 질렸다. 야채 심을 밭을 일구기 위해 딸 내외를 보조 일꾼으로 데려 왔는데 아무래도 성급했나보다. 4월에 내리는 눈은 처음 본다며 어린애처럼 사위가 신기해한다. 반듯하고 정 많은 사위다. 장인도 사위가 미더운가 보다. 한우 좀 사다 먹이라고 선심이다. 무엇인들 아까우랴. 태권도를 하는 손녀가 멀리 해남으로 2박3일 대회 출전한 틈을 타 일손을 돕겠다며 따라나선 딸 내외다. 삽질하겠다며 일복 갈아입은 사위를 주저앉히고 커피 한 잔의 여유를 갖는다.

바람에 실린 눈보라가 흩날리고 강풍이 계속되자 남편이 오늘 할 일을 접었다. 덕분에 사위에게 주어진 삽질 미션은 보류다.

19.

풀 속에 갇혔던 도라지가 모습을 드러냈다. 지난 해 이식 후 돌보지 못한 도라지 밭은 잡풀이 무성하여 모두 삭아버린 줄 알았는데 잡풀 속에서 빼꼼 얼굴을 내민 도라지를 발견하고 주변의 풀을 제거해 주었다. 채마밭 야채들이 빗물을 먹고 쑥쑥 키를 키웠다. 열무는 구멍이 숭숭 뚫렸다. 벌레 잡기에는 자신이 없어 아직 덜 자란 열무를 뽑아 물김치를 담느라 하루 더 머물렀다.

혼자 와서 많은 일을 했다. 질경이를 캐어 말리고, 도라지밭 풀 뽑으며 망초 순과 쑥을 뜯어 삶았다. 모두 면역력에 좋은 식자재다. 첫차를 타기 위해 부지런히 짐을 꾸렸다. 마침 먹기 좋게 잘 자란 쌈채들을 뜯어 상자에 채우고 남은 열무를 뽑아 비닐봉지에 담았다. 지난번 와서 얼려 놓은 쑥과 나물을 챙기니 짐이 세 보따리가 되었다. 가방을 짊어지고 짐을 챙겨든 어깨가 묵직하다.

첫 버스를 기다리는데 검은 승용차가 멈춘다. 앞집 요안나가 차문을 열고 타란다. 레띠시아와 원주 나가는 길이란다. 차안의 세 여자 수다가 물이 올랐다. 요안나는 입주민으로 원주민들과 잘 어울려 친밀한 관계를 맺고 있다. 성씨가 다른 8남매와 그 어머니의 비하인드 스토리는 배꼽을 잡게 했다. 느릅재, 솔고개, 자작고개, 장골고개를 넘어 할머니의 지팡이 히치하이킹은 갑천면 일대에 자자하단다. 조수석에 냉큼 올라타 손가락 마법으로 마음을 훔쳐낸다는 할머니에게 정을 준 할배가 한 둘 아니라는데 정작 당자들은 모르쇠로 시침 뚝 뗀다는 것이다. 갑천면의 비하인드 스토리를 흥미진진하게 들으며 원주 터미널에 도착했다. 편히 온 것도 축복이어서 감사하는 마음이 충만하다. 수원행 버스를 기다리며 페북에 둔내텃골일기를 쓰는 여유를 갖는다.

20.

4주 만이다. 동네 들어서니 하얀 마가렛과 노란 금계국
이 환하다. 우리집 뜰엔 인동초가 만개했다. 장미와 마가렛,
달맞이, 루드베키아, 붓꽃도 제자리에서 주인을 맞이한다.
뒤뜰엔 쌈채가 탐스럽고 그 못지않게 잡초도 우북하다. 남
편은 오자마자 오이, 가지, 고추 지지대 세우느라 분주하다.
비트, 콜라비, 부로콜리, 양파, 무우가 쑥쑥 키 재기를 한다.
남편이 인동초 가지치기 하면서 아까운 꽃들이 순절한다.
아까운 마음에 꽃차를 만들 요량으로 꽃들을 주워 모았다.
깨끗이 씻어 살짝 쪄서 햇볕에 널었다. 딸 내외로부터 당일
치기로 다녀간다는 연락이 왔다. 남편 일손 돕겠다는 예쁜
마음이다. 일찍 서둘렀나 보다. 들어서자마자 작업복으로
갈아입고 사위는 장인으로부터 일감 미션을 받는다. 잔디
깎기다. 딸은 아버지가 베어 온 미나리를 다듬는다.

식사 당번은 어김없이 내 차지다. 쌈채를 뜯어 씻고 한 창
먹기 좋게 자란 아욱을 뜯어 우렁이 된장국을 끓였다. 목 삼
겹살에 솔잎을 깔고 강황을 뿌려 쪄낸다. 감자와 닭 가슴살
을 갈아 부추, 버섯, 양파, 실파를 썰어 넣고 전을 부치고, 열
무 물김치와 머위장아찌, 시금치 무침에다 우렁이 쌈 된장
을 올리니 한 상 그득하다. 맛있게 먹어 주는 자식을 보는
것처럼 좋은 일 어디 있으랴. 식사 후 각자 커피 한 잔 후 편
히 쉬는 모습도 흐뭇하다.

당일치기 일꾼들을 위해 쑥 가루를 주물러 개떡을 만들었

다. 틈틈이 쑥을 뜯어 삶아 떡가루 빻아 놓고 조금씩 간식으로 해먹는 쑥개떡이다. 딸이 좋아하니 싸서 보낼 생각에 손놀림이 빨라졌다. 늦도록 장인을 도와 일을 한 사위가 안쓰럽고 고맙다. 저녁 한 상에 만족하는 사위다. 어머니 음식이 젤로 맛있다는 덕담도 빼 놓지 않는다.

　쌈채를 뜯어 상자에 담고 미나리, 쑥갓 삶은 것과 선물 들어 온 물품들을 챙겨 차에 실어주었다. 개떡과 빈대떡으로 저녁을 대신한 딸은 당일치기도 할 만 하다며 자주 다녀야겠다며 아빠와 엄마 일 많이 하지 마시라 당부. 3박4일 남편이 해야 할 일들이 하루에 말끔해졌다. 가는 길 무사하기를 기도로 배웅 한다.

21.

　마을은 오수 중이다. 뻐꾸기 울음소리와 산새 지저귐이 마을을 흔들지만 꿈쩍하지 않는다. 어제 벼르기만 했던 경강선ktx를 타고 둔내역에 내렸다. 한 시간 만의 도착이다. 하지만 수원에서 이용하기에는 열차 타기 위해 소비되는 시간이 만만찮다.

　가는 날이 장날이다. 주일 미사 후 함바오로 주임신부님 영명 축하 잔치가 벌어졌다. 나그네 신자에게도 한 끼 식사가 넉넉하게 담긴다. 남편은 친구들과 지리산에 들어서고 있다며 집의 안부를 묻는다. 지난 20일 CT결과엔 간암세포가 사라져 깨끗하다는 주치의 소견이 있었다. 남편의 투병 생활에 하느님은 가장 신뢰 가는 주치의였다.

감사와 찬미의 마음으로 충만하다.

이박삼일 혼밥이다. 어제 상봉역에선 니뽕에서 토뽕을 시켜 먹었다. 아침은 냉동실의 군만두를 꺼내 익히고 채마밭의 식자재로 샐러드를 만들었다. 점심은 떠들썩한 신자들 틈에 끼어 앉았으나 역시 혼밥이다. 군중속의 외로움까지는 아니지만 낯선 이들과의 식사는 재미가 없다. 식사 후 마을 구역장님 차에 합승해 귀가 하려던 계획이 무산이다. 구역이 청소당번에 잔치설거지까지 해야 한단다. 시간이 걸린다며 구역장님은 초면의 형제님차를 섭외한다. 마을 차단기 앞까지 태워 주신 형제님께 고마운 마음을 깊숙한 절로 대신한다.

혼자의 여유는 선물이다. 죽염 커피를 마시며 바람소리를 듣는다. 이기호 소설가의 『한정희와 나』를 집어 든다. 황순원 문학상 수상 작품이다. 거실 창 가득 검푸른 녹색 물결이 일렁인다. 망중한이다.

새벽 창문을 여니 밤새 얇은 눈 이불이 데크를 덮었다. 주전자의 물 끓는 소리가 거실 가득하다. 아침식사를 준비하는 동안 탐스런 눈발이 펄펄 날아오른다. 마을은 순식간에 두둑한 솜옷으로 갈아입었다. 10센티 두께이다.

첫 토요일 성모신심 미사 참례를 접어야 했다. 눈 내리는 창밖을 내다보며 남편은 걱정스럽다. 눈발은 여전한데 햇살이 빼꼼히 거실을 기웃한다. 활활 타오르는 벽난로의 불길과 마주 앉아 눈 내리는 창밖을 내다보는 재미가 좋다.

오늘 같은 날은 시집이 제격이다. 오래 묵혀두었던 기형도의 『입 속의 검은 잎』을 꺼낸다. 그의 시는 저리다. 그의 시 빈집이 주는 울림은 오래 여운을 남긴다.

첫 장엔 신춘문예 당선작 안개다. 장시 안개를 읽고 또 읽는다. 잘 들어오지 않는다. 시를 패러디 해보려고 노트를 찾는다. 난해 한 시라서 패러디도 어렵다.

시인의 마음 가까이 다가가기가 아득하다. 씨름하다가 너무 역부족이라 아예 필사하기로 마음을 바꾼다. 시인이 이십대에 쓴 시다. 세월이 나를 너무 멀리 떼어 놓았다.

눈발이 성글어졌다. 구름 속에서 햇살이 엷게 퍼진다. 곧 햇살이 눈을 쫓아 버릴 태세다. 눈이 그치면 눈을 쓸어야한다. 당연히 내 몫이다.

억울함 보다 눈길 빙판이 더 무섭다.

23.

마을은 노란 루드베키아가 점령했다. 불을 밝히듯 대문
앞에도 루드베키아가 환하게 반긴다. 남편은 오자마자 밭으
로 향한다. 가지, 오이, 토마토 순 쳐주기와 늘어진 가지들
을 지지대에 올려 주는 작업이다. 쌀을 안치고 식자재 털이
에 나섰다. 오이, 가지, 풋고추, 호박, 비트, 순무를 탈취했다.
성모님 상에 놓을 망초꽃과 루드베키아, 금계국에 손을 대
었다. 성상을 모신 제대가 환해졌다. 뜰을 한 바퀴 돌아 본
뒤 저녁 준비에 들어갔다. 싱싱한 식자재로 즉석 찬 몇 가지
해결이다. 속으로 '심봤다.' 외친다. 태풍 쁘라삐룬의 영향으
로 전국에 호우 속보가 이어진다. 마을은 검은 빛깔에 갇혔
다. 숲에선 기괴스런 비밀의방이 생겼는지 뻐꾸기조차 잠잠
하다. 앞산도 검푸르게 질려 으스스한 기운이 뿜어 나온다.

비 오는 날은 마땅하게 할 일이 없다. 성당에 다녀 온 후
간단 메뉴로 점심식사를 한 남편은 낮잠에 들었다. 책 더미
에서 오래 전 읽었던 무라카미 하루키의 『상실의 시대』를
꺼내 들었다. 몇 페이지 들추다 혼곤히 잠이 들어도 좋을 일
이다.

장맛비에 갇힌 시골 마을은 깊은 우물처럼 어둡고 정막하
다.

24.

아들 가족이 휴가차 둔내로 왔다. 남편은 동이 트자마자 손자 미니풀장에 차양막 설치를 했다. 여간해 사용할 일 없던 파라솔도 세웠다. 조반상에 3대가 둘러앉았다. 식자재는 직접 키운 채소가 대부분이다. 앞산을 바라보며 "참 좋아요. 어머니" 어젯밤 선선하게 여름밤을 지낸 며느리의 감회다. 어제 아들 내외는 두 집 살이가 무리라며 시골 집 정리에 무게를 두더니 아침상에선 유지하자는 쪽으로 기울었다. 내 주장으로 장만한 지 벌써 십 년 세월이 흘렀다. 이 집에 상담센터를 개소하여 은퇴 후 활용할 생각에 장만한 집이었다. 그 꿈은 남편의 발병으로 접고 오고가며 세컨드 하우스 역할로 만족하던 차다.

손자 주원안드레아가 물에 들어갈 시간을 호시탐탐하다가 아빠의 허락을 받고 준비 운동을 한다. 아빠와 아이의 물놀이는 레슬링 같은 씨름이다. 번번이 아빠의 힘에 눌린 아이는 악착 같이 아빠에게 늘러 붙는다. 힘에 부친 아이가 물싸움으로 기선제압을 하려 한다. 뜰 안 가득 아이와 아빠의 놀이소음이 가득하다. 아름다운 소음이다.

25.

둔내는 토마토 축제가 한창이다. 이곳 고랭지 토마토는 당도가 높다. 남편은 축제장을 비켜 김장 배추모만 사들고 서두른다. 남편은 배추모를 심고 나는 잔디에 우북한 잡초를 뽑았다. 능소화가 오르는 지지대는 멋진 소나무가 있던 자리다.

겨울에 집안까지 그늘이 드리운다며 남편이 소나무 중턱을 잘라버리기까지 나와 힘겨루기를 오랫동안 했었다. 내 서운함을 달래려 능소화를 심은 지 3년 만에 제대로 타고 오른 것이다. 지지대가 낮아 덩굴이 맘껏 타고 오르지 못하는 것이 안타깝다.

집을 비어 둔 사이 지인이 와서 주목나무들 전지했나 보다. 나무들이 시원하게 이발을 했다. 말채가 잔가지들을 뻗어 자리를 넓게 차지 했다. 작은 꽃나무들이 말채 그늘에 가려 아예 삭아 없어졌다. 꽃들이 삭은 것도 문제지만 산 쪽 멋진 바위를 가린다며 말채를 뽑아내겠다는 남편이다. 뜰에 두기는 버겁고 내치자니 아깝다.

주민들의 젖줄인 마을 저수조 청소를 하는 날이다. 아침 일찍 청소업체가 들어왔다. 이어 오후부터 물 사용이 가능하다는 내용과 물을 아껴 쓰자는 문자가 들어온다. 그동안 흔전만전 쓰던 물이다. 그리고 보니 가뭄과 무더위에 물줄기가 약해졌다.

주일미사 봉헌 후 토마토 축제장을 찾았다. 주인공 토마토

가 다양한 종을 자랑하며 손님의 눈길을 잡는다. 토마토 밟아 터트리기, 토마토 풀장에서 금반지 찾기는 악동들에겐 한 번 해 볼만 한 게임이다. 개울에 임시 마련된 풀장엔 메기들이 가득하다.

메기 잡기 도전자들은 대기 중이다. 토마토 풀장이 개장했다. 전문 MC가 흥겹게 무대를 장악한다. 입장 팡파레가 울리자 우르르 입장객들이 토마토물을 뒤집어쓴다. 토마토 풀장에서 마냥 즐거운 아이들이 해맑은 웃음소리가 풍선처럼 날아오른다. 아이들의 아빠 엄마는 사진 찍기에 열중이다. 파란하늘에 목화솜 같은 흰 구름이 예쁘다.

입추가 막 지났으니 가을 문턱이다.

바람이 가슴 속을 시원하게 씻어낸 하루다.

26.

태풍 영향권에서 벗어났는지 마을은 가을 냄새를 풍기며 고즈넉하다. 뜰을 빛내 주던 꽃들은 스러져 몰골이 흉물스럽다. 남편은 태풍에 낙과를 염려하여 복숭아를 미리 수확한다. 굵은 열매를 위해 꽃을 따준 공력으로 제법 튼실하다. 200여개가 웃돈다. 잘난 놈들을 골라 이웃에게 나누었다. 지난해 보다 씨알이 굵은 것을 보고 이웃들이 놀라워한다. 아사이베리가 농익었다. 지난번에 와서 3킬로 정도 수확했으니 풍작이다.

사과 배도 몸을 부풀리는 중이다. 시골살이의 기쁨이다.

아침 준비는 텃밭에서 공수한 식자재가 한 몫을 한다.

가지는 쪄내고 호박전을 고민 중이다. 남편에게 붉은 고추 몇 개 따달라고 목소리를 높인다. 날씨는 선선한 느낌이 아니라 싸늘하다.

하늘은 비를 쏟아낼 태세다. 곱게 지나갔으면 좋겠다.

주일미사 후엔 신부님의 공지사항을 듣는다. 안흥 성당의 박무학신부님께서 오늘 은퇴하신단다. 둔내 성당에서 사목하시던 중 안흥 공소가 본당으로 승격되자 신부님은 신설 안흥 본당으로 이동되시어 성당을 완공하셨다. 은퇴기념으로 둔내 신자들을 위해 마구설기를 내셨다는 공지다. 시골 작은 성당은 자주 마구설기가 등장한다. 백세기념, 손자 돌맞이, 자녀 결혼, 성모회, 요셉회가 제공하는 때도 있다.

마구설기로 속을 채웠으니 매큼한 매운탕으로 점심을 하려던 내심을 슬쩍 내려놓는다. 성모님 동산 앞에 조촐하게 핀 꽃 한송이가 눈길을 잡는다. 목화 꽃이다.

어느새 마음이 유년으로 달음박질이다. 어린 목화열매를 따 먹던 계집애가 눈에 선하다. 달콤한 맛에 욕심껏 손안 가득 목화열매를 쥐면 솜이 될 열매라며 할머니께서 엄한 눈초리를 보내셨다. 그때 꼬마는 이제 할머니만큼 나이가 되었다.

목화열매의 달콤한 맛과 함께 흰 솜 같은 그리움이 솟는다. 살아 온 만큼 그리움의 길이도 그만큼 늘어진다. 해바라기와 코스모스가 그런 내 마음을 드려다 보는 듯하다.

우리 마을의 정확한 지명은 횡성군 갑천면 상대리 텃골이다. 둔내IC를 나와 둔내 면소재지를 거쳐 마을로 들어오다 보니 '둔내 간다, 둔내 산다.'가 되어 버렸다. 앞으로 상대면 텃골 일기로 바꿀 일이다.

이달 서평모임에서 읽기로 한 책이 '강원국의 글쓰기'다. 좋은 책을 읽을 때마다 훌륭한 스승을 만나는 충만함이 있다. 노년을 잘 맞이하기 위한 첫째 목표를 글쓰기에 두었다. 글쓰기에 앞서 선행되어야 할 일이 읽기라 생각되어 도서관 나들이를 하게 되었다. 그러던 중 최동호 선생님의 시 창작교실을 만나고 최준영 선생님의 인문학 강의를 듣게 되었다. 그 인연으로 독서토론모임인 '삶을 바꾼 모임'회원이 되어 매월 최준영 선생님이 선정해 준 책을 읽고 서평을 올린다. 도서관은 이외에도 서병수 선생님의 '감동과 울림이 있는 명작읽기'를 격주로 진행한다. 지난주엔 '열하일기 완독하기'강좌가 시작 되었다. 되도록 이런 강좌를 놓치지 않으려 한다.

남편이 느닷없이 내년 3월에 시집을 출판해 주겠단다. 그동안 끄적여놓은 시와 기행문, 일기문을 모으면 한권의 책이 될 듯싶지만 검증되지 않은 글들을 모아 묶는 것이 선뜻 내키지 않는다. 모처럼 남편의 선심을 거절하는 것도 야박해서 고개를 끄덕였다. 등단이란 채널을 생략한 글집이라 망설이던 참에 강원국의 글쓰기가 용기를 내게 한다. 그래

용기를 내보자. 강원국의 글쓰기에 맞추어 첨삭을 한다면 부끄럽지는 않을 거 란 무모함도 생긴다. 스승이 도처에 있다.

—
27.

　성당으로 향하는 길가에 코스모스가 한들한들 요염하다. 하늘은 깊고 푸르다.

　하얀 솜사탕 같은 구름이 한가로이 유영을 한다. 성당 문을 나서며 갑자기 바다가 보고 싶다. 남편의 얼굴을 쳐다보다가 들뜨는 마음을 꾹 누른다. 통할 일 아니기 때문이다. 말해봐야 혹시 나가 역시 나가 뻔하다. 해야 할 일이 기다리고 있는 집으로 직진이다. 공연히 마음에 날이 선다. 서둘러 쌀을 씻어 밥솥에 코드를 꼽는다. 찬거리를 준비하는 마음이 콩밭으로 흐른다. 해마다 도지는 병이 일찍 찾아든 모양이다. 식탁은 묵묵하다. 아직 식사가 끝나지 않은 남편을 두고 수저를 놓자마자 곧바로 뜰로 나왔다. 한낮의 햇살이 따갑다. 잔디 속에 교묘하게 똬리 튼 잡초를 뽑는 일이 만만찮다.

　문득 비타민D를 온 몸으로 받고 있다는 생각이 들면서 제풀에 마음이 풀린다.

어느 틈에 남편도 나와 열심히 잡초와 씨름이다.

제법 큰 능소화 가지가 바람에 부러져 늘어져 있다. 태풍이 지나간 흔적이다. 아직 못다 핀 꽃봉오리가 안타까워 항아리에 꽂아 놓았다. 제법 운치가 있다. 방울양배추를 말리기로 했다. 저장하는 방법이 달리 없어서이다. 내 생각이 그럴 듯 했는지 씻어놓자마자 남편이 방울 양배추를 슬라이스하여 채반에 널었다. 처음 있는 일이다.

아뿔싸, 된장찌개가 졸아 버렸다. 남편에게 한소리 들었다.

"밥하는 사람이 딴 짓 하니 그렇지."

텃골 일기가 범인이다.

저녁준비 하면서 페북이라니 한심하다. 졸아버린 된장찌개를 쏟아버리고 다시 다시국물을 끓인다. 제시간에 저녁식사 하기는 글렀다.

28.

두 달 만에 찾은 집에선 겨울과 봄이 바톤 터치를 위한 거래가 한창이다. 뜰 여기저기 나무 가지들이 탱글탱글 꽃망울을 부풀리고 있다. 수선화가 환하게 꽃등을 켰다. 돌단풍 꽃, 꽃 잔디도 동료를 제치고 먼저 얼굴을 내밀었다. 채마밭에 냉이가 일가를 이루었다.

아침식사 후 강릉으로 향한다. 강원도 방문이 가장 필요한 자원봉사라는 최문순 도지사의 말이 남편의 마음을 움직였다. 경포대 벚꽃은 이미 져 내렸다. '미세먼지 좋음' 이란 안내가 마음을 가볍게 한다. 적당한 바람이 상쾌하다. 우럭매운탕으로 허기를 채우고 경포바닷가를 걷는다. 바다는 푸르고 넉넉하다. 하루가 충만하다.

일어나자마자 남편은 친구와 뜰 채마밭과 정원수마다 거름주기에 여념 없다. 수원 집에서 들고 온 화초를 심기 위해 잔디밭 일부를 드러내고 꽃을 심었다. 성당가기 전에 일을 마친다. 비가 내린다는 일기예보가 일을 서둘러 끝내게 했다. 어제 아침에 담근 지 50일을 넘긴 간장과 메주를 분리하여 된장을 버무려 넣은 일도 일기예보 덕분이다. 부슬부슬 내리는 비가 축복 같다.

주님 수난 성지 주일 전례는 긴 복음이다. 사제는 긴 행렬을 준비했다가 성당 입구에서 성가대와 복사단을 이끌고 짧은 행렬로 바꾸었다. 신자들은 성지가지를 높이 들고 입당하는 사제를 향한다. 성수 물로 성지가지를 축성하며 들어서는 사제와 성가대의 호산나의 환호는 이어지는 전례 안에서 빌라도 앞에 서신 예수님을 십자가에 못 박으라는 군중의 야유로 바뀐다. 아무 죄 없는 예수님은 무기력하게 십자가에 못 박혀 돌아가시고 묻히시는 과정을 재현하는 성지주일 전례가 먹먹하다. 성 주간의 시작이다.

시장에 들러 상추모와 파 모종을 사가지고 오니 점심상이 차려지고 있다. 한우 특수부위 구이와 상추쌈이 메인 메뉴다. 어제 뻐끗한 허리통증이 풀리지 않는다. 뜨거운 온돌방에 허리를 대고 누우니 꿀잠이 들었다. 구수한 냄새에 눈을 뜨니 한나절이 기울었다. 거실엔 남편의 친구를 위한 술상이 차려지고 현장에서 채취한 파, 냉이, 달래가 듬뿍 들어간 빈대떡이 안주로 얹혀 있다. 비 오는 날 어울리는 정경이다.

술이 오르니 주고받는 대화도 고삐가 풀렸다. 희희낙락 오랜만에 즐겁다.

29.

시골 집 물주기 미션은 하느님이 해결해 주셨다. 비가 내리는 마을 입구에 들어서니 하얀 마가렛이 활짝 반긴다. 뜰 안 탐스러운 함박꽃이 고개를 가누지 못한다. 활련화가 가뭄 속에서도 만개했다. 불도화는 꽃잎을 한잎 두잎 떨구고 있다. 멀리 비단버들이 팔색조처럼 하늘거린다. 보리수, 아사이베리가 잔뜩 열매를 매달았다.

오락가락 빗줄기가 가늘어지는 동안 사위와 잡초를 뽑고 백일홍, 금잔화 모종을 이식했다. 딸이 녹두전을 지지고 남편은 고춧잎을 솎아 왔다.

민들레, 취를 채취하여 저녁 찬을 만들고 채마밭에서 아욱을 뜯어 된장국을 끓였다. 자식과 함께 하는 저녁식사가 기껍다.

아침 날씨는 청명이다.

이런 날은 소풍 가기 좋은 날이라며 딸이 외출을 부추긴다. 내가 제안한 월정사 전나무 숲길 걷기에 만장일치다. 간단한 간식을 아이스박스에 챙겨 넣고 출발이다. 남편을 위해 피톤치드가 가장 왕성한 11시에 맞추기 위해 서둔 출발이다. 1시간 남짓 거리다. 아이들이 어렸을 때 자주 왔던 추억이 펼쳐진다. 처음 장만한 카메라가 재산 목록 1호였던 시절이다.

남편의 젊은 날을 소환하여 딸과 엄마는 수다가 늘어진다.

어제 내린 비로 계곡은 수량이 늘어 넉넉하다. 물소리, 새소리, 사람소리가 어울려 활기차다. 바쁜 일상에서 벗어난 딸 내외의 감탄사가 듣기 좋다.

숲길에 마련된 탁자에 앉아 간식을 꺼낸다. 다람쥐가 말간 눈망울을 굴리며 발밑에서 분주하다. 경내에 들어서니 소원을 담은 오색등이 환하다. 딸을 따라 찻집에 들어선다. 사방이 녹색 병풍으로 둘러싸여 눈이 시원하다. 바쁠 일 없으니 천천히 차를 마시며 여유를 즐긴다.

남편이 점심 식사는 이승복 기념관 근처 매운탕 집을 추천한다. 3년 만에 찾아간 다리목 매운탕집 사장님이 남편을 알아보고 반색한다. 20년의 역사를 지닌 이 집 매운탕은 맛이 일품이다.

충만한 날, Nice day!

나들이는 충만함과 함께 노곤함도 묻어오게 마련이다.

나른함을 즐기며 오수에 젖어 무상무념인데 남편은 밀짚모자를 쓰고 나선다. 과일 나무에 농약을 살포하려는 것이다. 후다닥 몸을 일으킨다.

채마밭을 사수해야 한다. 케일과 부추 그리고 상추, 쑥갓, 아욱을 부지런히 뜯는다. 꽃밭 여기저기 둥지 튼 토끼풀까지 뽑아 물에 담가 놓고 나니 남편과 사위는 잔디 깎느라 땀을 흘린다. 기계음 소리가 뜰 안 가득 하다. 남편은 인동초 덩굴까지 예쁘게 단장해 준다. 하얗게 떨어진 꽃을 줍는다.

잘 씻어 살짝 쪄 말리면 훌륭한 꽃차가 된다.

토끼풀도 깨끗이 씻어 말려 끓여 마시면 건강 차가 된다.

저녁식사 준비할 시간이다. 아쉽지만 금계국 채취를 접는다.

시골집의 2박3일이 숨 가쁘게 흐르고 일주일 느긋하게 머물고 싶은 마음 간절하다.

3부

항암제 부작용을 이겨내고

첫 번째 외래 진료에서였다. CT결과에 폐에 좁쌀알 크기의 점이 보인다며 주치의는 그 점을 간암 전이세포로 판단하였다. 수술 당시 피가 폐로 튀어 전이가 되었다는 것이다. 그러면서 너무 작아 추출하여 검사가 어려우니 표적치료제를 쓰겠다고 하였다. 표적치료제는 항암제로 부작용이 있다며 한국 사람은 2알, 외국사람은 4알의 용량을 복용한다고 설명하였다. 그러나 남편에게 처방된 용량은 4알이었다. 부작용이 일주일 안에 증상이 나타날 수 있으니 7일 후 다시 내원하라고 하였다. 7일간 4알의 항암제를 아침저녁 복용한 남편에게 이상 증후는 없었다. 7일 후 만난 의사는 아무런 증상이 없다는 말에 쾌재를 불렀다. 환자에게 잘 맞는 치료제라는 것이다. 다시 똑같은 양의 항암제를 처방하였고 남편은 의심 없이 처방대로 복용하였다. 그러나 병원 다녀

온 지 삼일 만에 정확히 10일 만에 부작용 이상증후가 나타났다. 갑자기 중환자가 되어버린 것이다. 우린 그제야 과다 처방에 대한 부작용임을 깨닫고 병원 측에 문의 하였으나 이미 엎질러진 물이었다. 약을 줄이는 것이 아니라 먹지 말라고 했다.

발과 손에 심한 화상을 입은 것처럼 잘 걷지도 만지지도 못하다가 약을 끊으니 부작용 증세가 사라졌다. 그러나 부작용에 의한 면역체계가 무너지니 암세포가 다시 나타났다. 이번엔 3개월에 한 번씩 색전술이란 시술이었다. 그때부터 의사는 신약 표적제를 쓰라 권하였으나 한번 항암제 부작용을 겪은 후라 의사의 권유를 받아들일 수가 없었다.

나는 대체의학 쪽으로 자료를 찾았다. 면역력에 좋은 식자재와 물을 끓여 마시게 하고 죽염과 죽염 마늘 환을 먹게 하였다. 두 번의 색전 시술을 하고 세 번 째 색전술을 앞두고 CT 결과를 보니 암세포들이 사라지고 안 보인다는 것이었다. 그 다음도 또 그 다음도 검사결과는 색전 시술을 할 필요가 없었다. 죽염과 죽염 마늘환이 면역력 증진에 효과가 있다는 믿음을 주었다. 그렇게 남편은 별 탈 없이 일상을 지내며 병마를 이겨내고 있었다.

당신의 뜻은?

승패를 가르는 날, 남편은 어이없게 근소한 차로 패했다. 패인은 상대가 더티 플레이의 고수란 걸 안이하게 대처한 탓이었다. 이 일을 치르며 남편은 엄청난 스트레스에 시달렸다. 상대후보의 허위사실 유포와 아킬레스건인 건강상의 문제를 선거 전략으로 이용하였다. 암환자에게 치명적인 스트레스와 패자에게 따르는 여러가지 후유증이 어김없이 달려들었다. 입맛을 잃고 컨디션이 바닥을 쳤다.

그 와중에 정기검진일이 찾아왔다. 주치의로부터 검사결과에 대한 브리핑을 들었다.

주치의는 자신이 검사 외에 어떤 치료 방법도 쓰지 않았다고 환자를 힐난하는 투로 말했다. 항암제를 쓰지 않으면서 3개월에 한 번씩 검사하는 일이 무의미하다는 것이었다. 항암제 부작용 이후 3개월에 한 번 씩 CT찍고 결과 브리핑

듣는 일을 반복 했다. 남편은 항암제를 처방해 달라 고했다. 항암제와 고혈압약, 우루사 등 한보따리 약을 싸들고 돌아와 복용을 한지 사흘 만에 남편은 음식물과 약을 넘기지 못했다. 환자의 기력은 급속히 떨어졌고 맥을 못 추었다. 선거의 패배가 원인인 줄만 알고 식사와 약을 거부하는 남편에게 죽을 작정이냐며 다그쳤다. 달리 방법이 없자 딸이 병원 가서 링거라도 꽂아드려야 한다고 한방과 양방 치료를 함께 병행하는 병원을 찾아갔다.

환자를 만난 의사는 염증수치가 높아 위험하다며 입원을 권했고 우린 의사 말을 따랐다. 입원 수속이 끝나자마자 링거 몇 개가 달리고 남편은 중환자가 되어 행동이 자유롭지 못하였다. 음식을 거부한 이유가 입안에 구내염이 심하게 퍼져 있었기 때문이었다는 것을 병원에 와서야 알았다. 당장 시급한 일이 구내염을 잡는 일이었다. 한방 탕제와 침, 그리고 양방의 링거가 동시에 환자에게 공급되었다. 남편은 스스로 할 수 있는 일이 없었다. 매끼마다 환자식이 들어 왔지만 입에 넣는 것을 거부하였다.

나는 하느님께 떼를 쓰듯 매달렸다. 남편을 살리는 분은 의사도 약도 아닌 하느님 당신이라며 치유의 기적을 청하고 또 청하였다. 걸어서 병원에 들어 온 남편이 자유의지가 박탈당한 중환자가 되어 누워 있는 모습을 보면서 나는 억장이 무너졌다. 어디서부터 잘못되었나를 곱씹어 보니 항암제 부작용이었다. 남편은 캔서와 동거하면서 수술 후 1차 부작용 이후 대체의학에 의존하여 지금까지 잘 견디어 왔는데 또 다시 항암제 부작용으로 위험한 상태가 된 것이다.

항암제 처방을 애초 받지 말았어야 했는데 보호자로 따라간 내 잘못이 컸다.

주님의 바라심을 외면한 잘못을 용서 청하며 이 위기를 잘 극복할 수 있기를 간절히 청하고 또 청하며 길고 긴 하루를 접는다.

어쩌다 내가?

병원침대에 누워 자신의 의지로 아무것도 할 수 없는 남편이 딸에게 눈물을 보였단다. "지연아, 아빠가 어쩌다 이렇게 되었을까?" 얼마나 자신이 초라하고 한심했으면 자식 앞에서 절망했을까를 생각하니 가슴이 찢어지는 듯 쓰리고 고 아팠다. 나한테는 온갖 짜증을 내면서도 약한 소리 없던 남편이었다.

잠 못 드는 날이 빈번했다. 몸 구석구석이 망가지고 있는 탓 일게다. 통증을 완화시키기 위해 진통제 투여를 하는 날도 있었다.

남편의 고통스러운 모습을 지켜보면서 내가 할 수 있는 일은 묵주기도를 바치는 일이었다. 며칠 사이 남편의 얼굴은 수염으로 뒤덮였다. 면도를 해 본 적이 없기도 했지만 도구도 챙겨 오지 않았다. 얼굴은 자연인으로 변하고 팔엔 주사

바늘 꽂을 곳이 없을 만큼 부어올라 혈관 찾기가 쉽지 않았다. 음식을 넘기지 못하니 영양공급을 링거에 의존하기 때문이었다.

링거만 맞다보니 소변을 감당하지 못해 소변 줄을 매달았다. 평범한 일들이 남편에겐 모두 특별한 일이 되어버렸다. 하루 온 종일 침대에 누워 있다 보니 욕창이 걱정스러워 몸을 뒤척이는 일을 케어하면서 잘못 링거 줄을 건드리면 환자는 소리를 지르며 그 화를 몽땅 내게 쏟았다. 이런 일들이 예측하지 못했던 일이어서 힘들고 서러웠다. 코로나로 인해 자식들이 아버지 면회 올 때마다 절차가 까다로워 보호자를 힘들게 했다. 그러나 이 또한 지나리니 이보다 더한 일도 참고 견딜 일이었다.

사과 반쪽의 기적

예수부활 대축일 아침이다. 어제 명동성당 염추기경님 주례의 부활 성야 미사를 늦은 밤 시청하였다. 어둠을 뚫고 빛으로 오시는 주님을 맞으면서 병마에 육신을 저당 잡힌 남편의 건강 부활을 간절히 기도했다.

아침에 식사가 들어왔다. 그동안 식판을 외면하던 것과 달리 식판에 올린 사과를 먹겠단다. 귀를 의심하며 사과를 깎아 썰어 놓으니 스스로 사과를 찍어 먹는 것이 아닌가. 환자식으로 나온 죽과 김치 국물도 몇 술 받아먹는다. 병원 입원 후 처음 있는 일이다. 예수님 부활 기적이다. 식사 후엔 직접 링거 대를 끌고 화장실에 가서 양치를 하고 세수도 했다. 어제와 180도 달라진 남편의 모습에서 주님께서 치유의 기적을 베푸셨다는 믿음이 강해졌다.

멍한 표정으로 그늘져 있던 표정에 생기가 돌고 말려 있던

혀가 풀렸다.

리모컨을 달라더니 tv 채널도 돌린다. 본래 남편의 표정이
살아났다.

비로소 남편다워졌다. 부활하신 예수님의 축복이다.

남편의 쾌유를 위해 기도해 주신 모든 분들에게 감사를 드
린다.

알렐루야!! 알렐루야!! Happy Easter!!

이제야 사람 꼴 같네

호사다마다. 어제 과일을 찾는 남편이 신기하여 달라는 대로 주다보니 과했나보다. 오후부터 시작한 설사가 밤새 지속되었다. 지사제가 처방되었으나 효과가 없다. 다행인 것은 환자가 감당해 낸 것이다. 의료진 회진이다. 피검사 결과지가 좋단다. 목 안 염증도 호전 되고 있으니 음식물 섭취가 점점 좋아질 거란다. 식혜와 오징어를 찾는다.

점심식사 후 16층 정원으로 산책을 하였다. 병원 내 힐링센터에서 환우들에게 여러 가지 편의 제공을 한다. 어제 딸이 센터에 두발 신청을 했다. 수염도 깎고 두발을 하였다. 깔끔해졌다. 거울을 보여주니 이제야 사람 꼴이 되었다며 매우 흐뭇한 표정이다. 말끔해진 남편의 모습이 보기 좋다. 새신랑 같다고 하니 웃는다. 얼마 만에 보는 웃음인가. 남편의 회복이 눈에 확연하다. 기적처럼 찾아 온 회복이다.

사람은 땅 심을 받아야

회진 온 주치의에게 남편이 말했다. "선생님, 사람은 땅 심을 밟고 살아야 합니다." 영문을 몰랐던지 의사가 묻는다. "어르신 땅 심이 뭡니까?"

의사가 나간 뒤 남편이 웃으며 무슨 의사가 땅 심을 몰라 하면서 이제는 퇴원하여 시골집에 가자는 것이다. 주렁주렁 링거를 달고 지내야 하는 행동제약이 지겨웠던 게다. 남편의 뜻을 따라도 될 만큼 염증치료는 효과를 보았다. 식사의 양이 부족한 것이 걸렸으나 집이 주는 편안함도 좋은 치료효과가 있다는 나름의 판단이 들었다. 의사는 계속 병원 치료가 필요하다며 일주일 간 일시 퇴원을 결정했다.

남편도 나도 들떴다. 퇴원하여 집에 오니 왕 언니의 식혜가 기다리고 있었다. 연거푸 2컵을 마시면서 왕 언니 솜씨를 칭찬한다. 팔십대 왕 언니께서 남편을 위해 수고를 아끼지 않으셨다. 고맙고 감사하다.

저녁에 뭐 할까 하니 아욱죽이 먹고 싶단다. 멸치 육수를
내어 부드럽게 아욱죽을 쑤었다. 아욱죽을 한 그릇 싹 비웠
다. 처음 있는 일이다. 집 밥의 힘이다.

먹으면 되었다. 먹으면 산다는 확신과 함께 병마를 이겼다
는 희열이 몸을 뜨겁게 달군다. 집에서 하룻밤을 지내고 첫
아침을 맞는다. 링거 없이 자유로운 몸으로 거실을 돌며 가
볍게 팔 운동도 한다. 절로 집안은 활기가 차오른다.

아침식사로는 선식과 영양 떡, 식혜다. 도리질 없이 배식
량을 다 섭취한다.

스스로 욕실에 가서 양치를 한다. 이런 소소한 일들이 나
에겐 감동이다.

약을 복용 후 편안히 TV 시청이다.

하루의 시작이 좋다. 오랜만에 맞는 평화다.

4부

천서리 막국수

시골집으로 가는 날이다. 남편의 컨디션이 좋다. 사위 차에는 남편과 내가, 딸은 손녀를 태우고 길을 나섰다. 영동 고속도로가 밀리지 않으면 두 시간이면 넉넉한 거리다. 가는 도중 점심을 무얼 먹을까 하는 내 혼자 말에 "이 사람아, 당연히 천서리 막국수지." 해서 우리는 국도로 나와 천서리 막국수 집으로 향했다. 코로나 정국에도 막국수 집은 붐볐고 직원들은 마스크도 쓰지 않고 손님접대를 하고 있었다. 지방이라 코로나의 심각성이 몸으로 느껴지지 않은 거라고 이해해보려 했지만 꺼림칙했다.

남편과 사위는 비빔면, 나와 딸 손녀는 동치미면을 시켰다. 남편의 비빔면이 아무래도 무리란 생각이 들었다. 아니나 다를까 내 예측이 맞아 한 젓가락 넣고 쩔쩔맨다. 얼른 동치미면으로 바꾸어 주었다. 게눈 감추듯 맛있게 한 그릇을 말끔히 비운다. 입맛을 되찾았다는 안도감으로 나는 기껍다.

이천으로 돌아오느라 평소보다 한 시간이 더 걸렸다. 남편은 지친 기색이 역력하다. 남편에겐 길고 힘든 여정이었다. 집에 들어서니 집안 공기가 냉랭하다. 서둘러 벽난로를 피우고 소파에 남편을 눕힌다. 벽난로 불길이 살아나자 거실이 금방 아늑해진다. 벽난로 불길처럼 남편의 면역세포들이 살아나 지친 몸과 마음이 회복되기를 간절한 마음으로 기도한다. 당신이 계시니 두려울 게 없나이다. 시골집의 밤이 깊어간다.

주문진 곰치 맛 집

수원 집에서부터 주문진 미애네 곰치국을 먹어야 한다는 남편이었다. 어제 횡성 집에 오는 과정이 남편에겐 힘든 여정이어서 오늘은 집에서 푹 쉬자 했다. 그러나 웬걸 늦잠 자고 일어난 손녀가 "할아버지 바다 보고 싶어요."하자 "은서가 바다 보고 싶다면 바다 보러 가야지." 한다. 남편을 위해 휠체어를 대여해 오긴 했지만 연거푸 나들이 길에 나서는 것이 마음에 걸렸다. 뒤늦게 길채비를 서두른다. 한 달 새에 중환자가 된 남편이 기가 막혔다. 죽을 고비를 넘기고 이만큼 회복 된 것도 감사한 일이건만 말 타면 종 부리고 싶다는 속담처럼 남편이 한 달 전으로 돌아갈 수 있기를 간절히 소망하는 것이다. 손녀와 함께 길을 떠나는 일이 남편에겐 즐거운 일이다. 조수석에 앉은 남편을 수시로 살피며 중간 중간 따뜻한 물과 한방 탕제를 마시게 했다. 환자가 길나

서는 채비에 시간이 지체되었다. 미애네 집에 도착하니 오후 한 시가 좀 지났다. 아쉽게도 그 날 분량이 다 팔렸단다. 사정을 했지만 재료가 없단다. 실망스런 것은 남편이나 우리 모두가 같았다. 여기까지 오느라 지친 남편이 안타까웠다. 사위가 급하게 곰치 맛집을 검색하였다. 가까운 곳에 있는 월송 식당이다. 다행이 깨끗하고 사람이 많지 않았다. 식당 주인의 메뉴 안내에 따라 장지짐과 곰치 지리탕을 주문했다. 주문한 곰치탕이 나오자 남편은 냄새부터 맡는다.

앞 접시에 탕을 덜어주는 대로 몇 차례 맛있게 비운다. 신기하고 대견하다. 식사만 잘 하면 회복이 빠를 것이라는 것이 내 믿음이다. 먼 길 달려와 지치긴 했으나 맛있게 식사를 하는 남편을 보면서 나는 안도의 숨을 내쉰다. 식당 건너편 건어물 가게에서 마른 오징어 20마리를 구입했다. 제일 비싼 오징어를 샀다며 보여주니 흐뭇해한다. 입맛을 잃었을 때도 유일하게 마른 오징어를 찾았던 남편이다. 항암제 부작용인 구내염이 아니었으면 이 지경까지 안 되었을 거란 생각에 미치자 무조건 매뉴얼에 의한 약 처방에 대한 분노가 솟았다.

손녀를 위해 다음 행선지는 경포대다. 바람이 조금 거세었으나 무릎담요로 환자를 싸매고 휠체어에 태워 바다 데크 길을 산책했다. 수척해진 남편의 모습이 애처롭다.

가족 나들이 팀이 여기저기 눈에 뜨인다. 어린아이의 모래장난이 귀엽다. 봄 바다는 짙푸르렀다. 하얀 포말을 가르며 부서지며 다시 달려오는 파도가 장관이다. 바다 못지않게 하늘이 파랗다. 남편이 속히 회복되어 저 하늘처럼 파란 마음으로 새로운 희망일기를 쓰게 되는 날이 돌아오기를 기원해본다. 봄바람이지만 바닷바람은 차다. 남편을 서둘러 차에 오르게 하고 따뜻한 물로 입안을 덥힌다. 어느새 주문진 곰치국 나들이가 뉘엿뉘엿 석양 속으로 들어가고 있다.

청태산 나들이

텃골의 아침은 쌀쌀하고 청량하다. 마을은 온통 연두 연두하며 연초록물이 출렁인다. 딸은 데크에 아침상을 차린다. 패딩 점퍼와 무릎담요로 무장을 하고 남편을 휠체어에 앉힌다. 딸의 말을 고분고분 잘 듣는 남편이다. 오늘의 미션은 피톤치드가 많이 나오는 청태산 휴양림 산책이다. 피톤치드가 암 환자에게 좋은 면역력을 키운다는 점에서 이의 없이 딸과 같은 마음이었다. 휠체어를 챙기고 환자를 자동차까지 부축하는 일이 쉽지 않았으나 환자에게 좋은 일이어서 모녀는 의기투합하였다. 코로나 정국이라 딸은 유난이 예민하였다. 차에서 내리자 맞은쪽에서 사람이 오면 얼른 아빠를 가로 막고 마주치지 않도록 신경을 썼다.

데크에 오르기 전 나는 남편을 화장실부터 들르게 하였다. 잣나무가 울창한 데크 길을 오른다. 아빠 휠체어를 밀며 딸은 숨이 가쁘다. 봄빛이 눈부시다. "아빠 좋지?" 연신 말을 건네건만 남편은 묵묵부답이다. 건강을 잃은 남편에겐 주위의 경관이 무슨 대수겠는가. 사진 몇 컷을 찍고 있는데 마스크도 하지 않은 사람들이 우르르 몰려오자 질겁한 딸이 급하게 그들을 피해 아빠를 이동한다. 상식 없는 사람들이라며 투덜대는 딸에게 기다렸다는 듯이 집에 가자며 보채는 남편이다.

외출이 힘들었나 보다. 내 마음은 어렵게 왔으니 좀 더 있다 갔으면 했으나 딸이 아빠 손을 들어 주었다. 공연히 부산만 떨었다. 남편을 힘들게 한 보상으로 좋아하는 오징어를 구워 찢어 놓는다. 오징어를 코에 대고 냄새를 맡는다. "그렇게 좋아" 하니 "응"한다. 그 표정이 어린애처럼 천진하다.

그런 남편을 바라보며 나는 가슴이 찢기는 듯 아프다. 나이 들면서도 빳빳하고 당당했던 남편이다. 본래의 모습으로 돌아올 수만 있다면 나는 기꺼이 모든 걸 감수할 일이다. 간절한 내 마음을 담아 나는 오늘도 두 손을 모으며 무릎을 꿇는다.

꽃을 든 남자

집 주변이 온통 꽃이다. 뜰 안엔 수선화, 금낭화, 마가렛, 명자꽃, 배꽃이 만개를 했고, 복숭아꽃도 화사하게 자태를 뽐내고 있다. 딸이 아빠를 부축하여 걸어서 뜰을 두 바퀴 돌았다. 잔디에 난 잡초를 뽑느라 여념 없는 나를 딸이 부른다.

돌아보니 남편의 손에 복숭아꽃 가지가 한 아름 들려 있다. 딸은 아빠가 엄마에게 주려고 꽃을 꺾었다며 어서 와 받으란다.

남편이 처음으로 건네는 꽃 선물이다. 딸이 인증샷을 찍느라 주고받는 폼을 잠시 더 유지해야 했다. 소년처럼 해맑게 웃으며 건네는 꽃가지를 받으며 울컥 눈물이 솟는다. 간병한 노고에 대한 보답과 그동안 무심했던 것이 미안했을 마음이 담긴 남편의 느닷없는 꽃 선물이어서다.

나는 진심으로 고맙다는 인사를 했다. 항아리에 꽃을 꽂아 거실에 두니 거실이 환하다. 걷는 일이 힘들었는지 집안으로 들어가겠다는 남편에게 두 바퀴만 더 돌고 들어가라 하자 휠체어를 타겠단다. 휠체어를 타고 뜰을 도는데 깃털이 연두 빛인 새 가족이 날아들었다. 아빠 새가 인동초에 앉아 삐르르 소리를 내니 엄마 새가 그리로 새끼들을 데리고 쪼르르 함께 모였다. 네 마리다. 포르르 포르르 이쪽에서 저쪽으로 나르며 가족 모임을 한다. 새들을 바라보는 재미가 쏠쏠했다. 딸과 남편도 한참을 바라보며 신기해한다. 시골집이 주는 선물이다.

평화로운 한나절이다. 이런 평화 속에서 남편의 건강세포들이 왕성하게 살아나기를 바램하면서 어느새 그 바램은 기도가 된다.

'주님 생명을 좀 먹는 암세포를 거두시고 건강세포로 채우시어 도미니코에게 건강한 일상을 허락하소서.'

당신이 희망입니다

횡성 텃골에서 휴양을 하면서 병원 입 퇴원을 하였다. 병원에서는 일주일에 한 번씩 이박삼일 입원하여 치료를 받자하였다. 그러나 시골집에서 서울까지 거리가 환자에게 도움이 될 것 같지 않았다. 시골집에서 안정을 찾아가다가 병원에 입원하면 여지없이 컨디션이 떨어지는 남편이었다. 입원일이 다가오자 남편은 싫은 내색을 하였다. 병원에 전화를 하여 일주일 더 쉬다가 입원하겠다며 탕제를 보내 달라하였다. 딸이 제대로 땅 심을 받아야 한다며 뜰에 텐트를 쳤다. 소꿉장난하듯 텐트 속으로 들어가 눕는다. 이런 일도 남편에겐 쉬운 일이 아니었건만 딸의 말에 고분고분한 남편이다. 그러고 보니 남편의 다리 힘이 눈에 띄게 좋아졌다. 어눌한 말도 점점 또렷하다. 남편다워졌다. 내게 미안하단 말도 자주 한다.

하루에 두 차례 뜰 걷기는 순조로웠다. 이대로라면 머지 않아 마을 산책이 가능해 질 터였다. 그런 내 희망은 반듯이 이루어질 터였다.

새벽 네 시다.

날 깨우지 않고 남편이 혼자 화장실을 다녀왔다. 처음 있는 일이어서 놀랍기도 하고 기쁘기도 했다. 두 시간마다 나를 깨워 화장실에 가던 남편이었다. 이대로라면 머지않아 본래의 건강했던 남편으로 모습으로 돌아올 것이다. 나는 아낌없이 칭찬을 해주었다. 내 칭찬에 남편이 눈물을 흘렸다. 남편과 나는 기꺼워하며 감사의 묵주기도를 바쳤다. 남편은 눈물을 펑펑 쏟으며 계응으로 기도를 주고받는다. 본인 스스로 생각해도 이겨 냈다는 감사함의 눈물이다. 묵주기도 5단을 다 바치고 나는 감격에 겨워 남편을 끌어안았다. 우리에게는 하느님이 계시니 이 힘든 시기를 반드시 극복하는 힘도 주실 것이라는 믿음이 더욱 강렬해졌다. 스르르 소파에서 잠든 남편의 손을 잡고 나는 기도를 멈추지 않았다.

새벽이 어둠을 거두는가, 창밖이 훤하다. 빛이 어둠을 이기듯 생애 가장 힘든 고비를 겪고 있는 남편과 나에게도 평온한 일상이 찾아 올 것이라는 믿음이 가득 차오른다. 은혜로운 시간이다. 우리에겐 하느님이란 절대자의 뒷배가 있다. 난 내 안의 모든 에너지를 다 해 기도에 몰입했다. 기도로 두려움을 이겨 냈고 기도로 위로를 받았다.

무엇을 더 바랄 것인가, 노년을 남편과 함께 평범한 일상을 살아갈 수 있다면 그보다 더 큰 축복이 어디 있겠는가?
그 소망이 꺾이지 않기를, 부디 나의 주님께서 허락해 주시
기를...

외로운 싸움

마을은 온통 꽃물결이다. 봄꽃들의 향연 속에서 남편은
비교적 무탈하게 잘 지내었다. 무상무념 속에서 잘 먹고 잘
소화시킨다면 건강해지리란 믿음이 커지는 날들이었다. 평
온한 날들이 이어지다 주일 밤 갑자기 남편은 심한 통증에
진땀을 흘리며 고통스러워했다. 급한 마음에 진통제를 먹였
으나 조금도 진정되지 않았다. 딸과 나는 진땀을 흘리며 고
통스러워하는 남편의 모습을 보며 속수무책이었다. 딸이 원
주기독병원 응급실에 전화를 걸었으나 응급처치가 안 된다
는 실망스런 답변을 들어야 했다. 다시 119에 전화를 하여
횡성 대성병원 응급실이 결정되었다.

시골 마을은 칠흑 같은 어둠이 내려 앉아 한치 앞이 보이
지 않았다. 어둠만큼이나 내 마음도 암흑이었다. 남편과 나
는 응급차에 타고 딸은 비품을 챙겨 따로 오기로 했다.

119대원은 산도가 급격히 떨어진 남편에게 산소 호흡기를 씌웠다. 여전히 통증은 줄어들지 않았다. 긴 터널 속에 갇힌 듯 가는 길이 아득하였다. 시골병원 응급실은 을씨년스럽다.

코로나 검사를 하고 썰렁한 침대에 눕히고 링거를 꽂았다. 하얗게 질린 남편을 보는 것이 숨이 막히고 안타까웠다.

링거는 다음 날 오전 일곱 시 경에 다 들어간다는 간호사의 설명을 듣고 어둔 길을 힘들게 따라온 딸에게 집에 가서 쉬고 아침에 입원준비를 갖추고 오라 일렀다. 위급한 상황이 닥치면 시골집에서 아무것도 할 수 없다는 판단이 들자 등골이 오싹해졌다. 휴양을 위한 시골집은 남편에겐 무익하다는 생각이 들면서 병원 이송이 수월한 곳에 있어야 한다는 생각이 굳어졌다. 어쩌면 저 극심한 통증으로 남편이 생을 접을 수도 있겠다는 막연한 두려움이 뜬 눈으로 밤을 지새우게 했다.

무서운 밤이 지나갔다.

나는 간단한 체크리스트로 남편의 통증을 알아본다. 통증이 열 개라면 지금은 일곱 개 정도란다. 조금이나마 통증이 줄어 들은 것이다. 딸의 차에 남편을 옮기고 방향을 수원의 성빈센트 호스피스 완화 병동으로 방향을 잡았다. 남편에게 가장 필요한 치료는 통증에서 벗어나는 것이다. 홀로 이겨내야 하는 외로운 싸움에서 내가 도울 수 있는 최선책이었다. 그럼에도 나는 전지전능하신 분께 의탁하며 희망의 끈을 놓지 않았다. 지금까지 당신이 함께 했으니 당신만 믿습니다.

5부

이승과 저승의 나뉨은 찰나였다

지난밤 소량의 수면제가 처방되었다. 깊은 잠을 이루지 못하는 주치의의 배려였다. 잘 넘기지 못하는 남편에게 조심할 것은 사레들지 않게 하는 일이었다. 그러나 남편은 수면제 복용 후 사레가 들렸고 이물질이 기도를 막았다. 급격히 산도가 떨어지고 위험 상태가 되었다. 주치의가 급히 혈관 확장제를 투여했으나 상황은 호전되지 않았다.

아침 회진에서 주치의는 오늘이 고비라고 했다. 나는 그 말을 받아들일 수가 없었다. 마음속으로 강하게 부정하면서 전지전능하신 분의 기적을 포기하지 않았다. 나의 소망과는 달리 남편은 11시쯤 임종 방으로 옮겨졌다. 임종 방에 들면 가족친지들이 임종을 지킬 수 있다.

아들 딸 가족들과 시동생, 작은 조카가 돌아가면서 남편에게 작별의 인사를 나누었다. 손녀와 손자와의 작별인사에 남편은 눈물을 보였다. 매사 성실했고 자녀들에 대한 사랑이 끔찍했던 남편이었다. 특히 손녀손자 사랑은 유별났었다. 안정적인 경제력으로 가족은 고생을 몰랐다. 주변에선 인품이 좋고 관계가 원만한 이웃이었고 유지였다.

그를 따르는 사람들이 많았다. 한 생을 최선을 다해 흠 없이 엮어내었다. 오십년 부부연이다. 희로애락이 녹아 있는 세월을 남편이 먼저 끊어내려는 중이다.

홀로 외롭게 떠나는 남편을 위해 성인성녀의 마중을 받으며 천사의 호위 속에 하느님 품에 안겨 영원한 안식을 누리라 남편의 손을 잡고 기도한다.

'성인들이여 오소서, 천사들이여, 도미니코의 영혼을 돌보소서.'

'하느님 도미니코에게 영원한 안식을 주소서. 영원한 빛 비추소서.'

2020년 6월 29일 20:10

"사망하셨습니다."

의사는 청진기를 떼며 담담하게 말했다.

"귀는 아직 열려 있으니 편하게 떠나시게 너무 슬퍼하지 마세요."

이승과 저승의 나뉨은 찰나였다. 생이 다한 얼굴은 밀랍인형 같다. 손은 냉기로 굳어지고 있었으나 가슴엔 아직 온기가 남아 따뜻했다. 그가 평생 사랑했던 가족을 뒤로 하고 남편은 저승에 들었다.

얼마 전에 양복을 맞추었다.

환자복에서 새 양복으로 갈아입힌 후 장례식장으로 옮겼다. 그를 기다리는 곳은 냉동고였다. 나의 배우자, 집안의 기둥이었던 남편을 차디찬 냉동고로 들여보내야 했다. 아깝고 아까운 사람, 우리 곁에서 더 함께 생을 누려야 할 귀한 사람은 무생물이 되었다. 전지전능하고 무소부재의 하느님, 당신은 어디에 계신가?

원망스런 코로나정국

코로나가 지인들과 이별의 시간을 가로 막았다. 문상을 온 사람들도 문상만하고 황망히 자리를 떴다. 짧은 삼일장이 차라리 다행스러웠다. 모든 예절은 생략되고 그가 25년 본당을 위해 헌신적으로 봉사했으나 그 공적을 코로나가 삼켰다. 입관예절도 상조회 주관으로 진행되었다. 도저히 용납이 안 되어 내가 속한 레지오 팀을 불렀다. 그들에게 입관예절 예식을 부탁하고 나는 서럽게 고인과의 마지막 이별을 고하였다. 관 뚜껑이 덮이고 그의 모습은 더 이상 볼 수 없게 되었다. 생전에 고인이 사랑했던 본당 새 성전에서 마지막 장례미사를 봉헌하고 싶었던 유가족의 소망은 여지없이 좌절되었다. 기가 막혔다. 부당했다.

본당에서 매일 미사가 봉헌되고 있었다. 본당사제의 배려에 따라 장례미사가 가능한 일이었다. 그러나 어느 누구도 이런 부당함을 시정하고자 하는 사람이 없었다. 망연자실하느님 당신은 뭐 하는 분이냐며 나는 오열을 삼켰다. 나는 이런 기막힌 사정을 아는 신부님께 문자로 전했다. 신부님들께서 각자 본당에서 고인을 위해 기도를 드리겠다는 답이 들어왔다.

내 문자를 받으신 은퇴하신 노 사제께서도 한달음에 달려 오셨다. 문상을 하시고 조용히 구석에 앉아 연도를 바치셨다. 그 모습이 얼마나 큰 위로가 되었는지 모른다.

김한철 율리아노 신부님께서도 먼 새 부임지에서 달려 오셨다. 신부님께선 고인을 위해 기도하시고 유가족을 위로해 주셨다.

얼마 전 병원에서의 일이다. 힘들어하는 남편을 위해 신부님께 전화로 기도를 청했다. 새 부임지로 가시기 전날이어서 경황이 없으심에도 내 전화를 받고 병원을 찾아오셨다. 보호자와 바턴터치다. 30분 정도 두 분은 지난 일을 회억하셨단다. 신부님 재임시절 남편은 총회장직에 있었다. 두 분은 그 시절이 가장 행복했다고 주고 받으셨단다. 신부님께서 영성체를 영해 주시고 가신 뒤 남편은 침대에 한 참을 꼿꼿하게 앉아있었다. 건너편 침대 보호자가 나에게 말했다. "기적이 일어 날 것 같아요. 얼굴에서 빛이 나요." 그 힘이었을까, 남편은 또박또박 신부님과의 나눈 말들을 전해 주었었다.

'사제는 무엇이뇨. 사제는 모든 이의 모든 것이니.' 두 분 사제는 나에게 모든 것이었다. 망연자실했던 나에게 위로가 되었고 숨통을 틔어 주셨다.

늦은 시간에 장례미사를 하러 본당신부님이 오신다는 전화가 왔다.

가족과 신자 몇 분이 장례미사에 참여하였다. 그나마 다행이라고 위안을 삼으려 하였으나 본당의 처사가 야속하고 원망스러움은 가시지 않았다.

자정이 되자 문상객 발길이 끊어졌다. 영정 앞에서 내가 연도를 시작하자 가족들이 모여 함께 연도를 바쳤다. 처음으로 소리를 내어 바친 연도였다.

남편의 마지막 길을 마음을 다해 배웅하는 가족들의 구성진 연도가락에 남편은 편안히 안식을 누릴 것이다.

영면

아침 일찍 발인 예식은 내 주도하에 가톨릭 예식에 맞추어 진행했다. 예식을 마치고 영구차는 생전에 남편이 애정 했던 성당을 들러 근무지 본점과 지점을 서행으로 지나갔다. 직원들이 마지막 길에 도열로 배웅하였다. 아들은 살아있는 아버지에게 이야기 하듯 그 정황을 세세히 브리핑이다. '아버지 보셨지요? 직원들이 아버지 배웅하러 나왔어요. 아버지, 잘 살아오셨어요, 후회 없이 열심히 사셨어요, 저희 걱정 마시고 이제 편히 쉬세요. 아버지 존경합니다.' 아버지를 향한 아들의 고별사다.

수원 연화장에 도착하니 한상호 마르코 신부님께서 기다리고 계셨다. 남편의 관 앞에서 정성껏 고별의 기도를 해 주시고 유가족을 위로해 주셨다.

6번방이 배정되었다. 간단하게 화장 전 기도를 바치고 화장로 앞에서 남편의 관을 향해 가족들은 마지막 고별의 인사를 했다.

77년의 생애가 한 줌 재가 되기 위해 화장로 들어가는 것을 지켜보며 내 생애 최악의 상흔이 지독한 통증으로 똬리를 틀었다. 온몸 구석구석 가늠할 수 없는 슬픔이 점령하고 남편과 함께 했던 삶이 함께 사라지는 것을 속수무책으로 감당해야 했다. 유골을 수습하고 천주교 안성추모공원에 안장하고 돌아서기까지 내 의지와는 상관없이 누군가에 떠밀리듯 허깨비처럼 말하고 움직였다. 남편을 납골당에 안치하고 연도를 바쳤다. 남편은 전망 좋은 곳에서 영면에 들었다. 살아있는 사람들은 그가 없는 세상을 여전히 살아갈 것이다.

세월이 약이라 했다. 이 또한 지나리라는 말도 있다. 그러나 남은 자는 깊게 패인 상흔을 감당하면서 스스로 주홍글씨를 달고 힘겹게 세월과 맞서야 할 것이다.

이성과 감성은 현실을 부정하려 한다.

참 쓰리고 아프다.

쿠오바디스!

남편을 잃고 나는 삶의 전부였던 신앙이 흔들렸다.

본당공동체는 생각할수록 서운했다. 그러면서도 남편의 영원한 안식을 위해 연미사를 본당에 예물을 봉헌했다. 나는 집 밖에 나가는 일을 피했다. 가슴에 주홍글씨를 단 에스터처럼 스스로 죄인임을 자처했다. 하느님께 도미니코를 건강하게 회복시켜 주시면 버킷리스트 첫 번째로 둘이 성지순례를 완주하겠다고 했다. 문득, 혼자서라도 성지순례를 해야겠다는 생각이 들었다. 그러고 보니 유일하게 내 남은 생에 해야 할 일이었다.

마침 8월 중 이시돌 피정의 집에 3박4일 피정 프로그램이 인터넷에 떴다. 즉시 참가신청을 하였다. 제주도에는 8곳의 성지가 있다. 그 성지를 다 돌기 위해 여유 있게 20여일을 에어비엔비 숙소를 예약하였다. 마음의 문을 굳게 닫고 제주 성지 순례에 나섰다. 공항에서 피정참가자들을 픽업한 기사님은 친절했다. 간단한 인사를 나누었다. 초면인 교우들인데도 공연히 주눅이 들었다. 기사님은 해박한 가이드이기도 했다. 이시돌의 역사와 주변 목장에 얽힌 이야기들을 들으며 이시돌에 도착하였다. 제주의 햇살은 따가웠다.

오래 전 이곳에서 하루 피정에 참석한 적이 있었다. 수녀님께서 반갑게 맞이하신다. 이번 피정 주제는 자연피정이다. 프로그램 안에 제주 성지 몇 곳이 포함되었다. 매일미사에서 나는 야생마처럼 하느님과 힘겨루기를 하였다. 무소부재 하신 분, 전지전능 하신 분, 청하라. 찾아라, 두드리라 했던 당신은 어디서 무엇을 했는지 따졌다. '네 믿음이 너를 살렸다, 내가 깨끗하게 하리니 깨끗하게 되어라.' 죽은 나자로를 살렸고 회당장이 딸을 살렸다는 그 기적을 철썩 같이 믿고 간절하게 청하고 찾고 두드린 내 기도를 외면한 이유가 무엇이냐 주먹질을 하며 울부짖었다.

이렇게 무너뜨릴 거면 애당초 빌미를 주지 말 일이지 헛된 바램을 갖게 해 놓고 뒤통수치는 당신은 사기꾼이라고 원망했다. 남편을 살리기 위해 성지마다 후원을 했고 생미사를 연이어 봉헌했으며 나눔이 필요한 곳을 외면하지 않았다며 토해내라 생떼를 썼다. 묵주기도를 쉼 없이 봉헌하고 새벽 2시까지 기도를 멈추지 않았다며 무엇이 부족하고 마음에 들지 않아 남편의 생을 접었느냐며 묻고 또 물었다.

'도미니코를 살리지 못한 무능한 하느님, 이제 당신이 할 일은 당신나라에 들인 남편에게 영원한 안식을 허락하는 일.'이라며 협박을 하였다. 그러다가도 끝내 무릎을 꿇고 당신이 하신 일 미물인 제가 어찌 그 뜻을 헤아리겠습니까? 하며 용서를 청하였다. 하느님을 향한 원망과 대듦과 제풀에 용서를 구하는 일이 매일 반복되고 있었다.

피정은 내 가슴속의 울분을 토해내는 출구였다.

제주에서의 25일은 감정을 추스르는 돌파구가 되어주었다. 바닷가를 낀 올레 길을 걸으며 통곡을 하고 오름을 오르다 흐느끼고 휴양림에서 멍을 때리며 패인 상흔을 달래었다. 남편이 부재한 세상은 암흑이었다. 당당했던 어깨가 쳐지고 주체할 수 없이 눈물이 흘렀다. 눈에 스치는 것들이 다 눈물의 소재였다. 생의 의미가 사라졌다.

쿠오바디스!!

6부

나는 여전히 널 사랑한다

제주교구 성지 순례를 마치고 원주교구와 서울 대교구 성지 순례를 끝냈다.

배론 성지에 늦게 도착하여 숙소를 찾지 못해 택시를 불렀다. 용소막 성지 가는 길에 남종삼 생가 묘재에 들렀다. 용소막 성지에 가니 사위가 어둡고 인기척이 없다.

성당문이 잠겨 밖에서 주모송을 바치고 스탬프를 찍어야 하는데 막막하다. 발길을 돌리려는데 개와 산책 중인 수녀님을 만났다. 스탬프를 무사히 찍었다. 기뻤다.

삼척 성내동 성당을 찾아 헤매다가 저녁 주일미사에 간신히 참석하던 일, 5층짜리 게스트하우스에 달랑 나 혼자 숙박 하던 일, 삼척에서 촛대바위까지 바다 데크 길을 걸으며 엉엉 울던 일, 묵호 성당을 찾아 가느라 바람의 언덕에 오르던 일,

게스트하우스에서 바라본 묵호 앞바다와 묵호 등대마을 카페에서 커피를 마시며 은빛 비늘처럼 튀어 오르는 파도를 보며 진한 슬픔에 젖던 일,

양양 성당의 아름다운 십자가의 길, 주문진 성당에서 프란치스코 재속 삼회 종신서원 미사에 참석하던 일, 절두산 성지미사인원 마감으로 새남터 성당으로 뛰어 가던 일, 걸어서걸어서 서울 명동성당에서 이벽성조터, 종로성당, 광희문성지, 가톨릭 성신교정을 순례하고 노고단에서 서소문, 중림, 왜고개, 당고개, 용산 성직자묘, 용산신학교을 돌아 삼성산에서 십자가의 길 기도길을 끝으로 서울 대교구 순례 길을 마치 던 날, 우리나라 성지 순례를 다 마치면 그때 하늘로 이사시켜 달라고 남편에게 도와 달라 청하였다.

서울교구 성지 순례를 마친 후에도 나는 절두산성지와 새남터 성지를 자주 찾으며 하느님께 대한 원망과 남편의 안식을 청하였다. 전대사조건에 고백성사가 있다. 전대사를 받아 기억하는 영혼에게 주기 위해 성지 가는 곳마다 고백성사를 청하였다.

내 마음 속에는 하느님께 향한 불경죄와 아울러 남편에게 암을 발병하게 하고 재발하게 한 원인 제공자에 대한 미움과 적개심이 고백성사를 보게 하는 이유였다.

매번 성찰을 통해 하느님께 가는데 장애되는 요인을 없애고자 했으나 여전히 시퍼렇게 살아 펄펄 하였다. 그러니 마음이 께름하여 같은 내용으로 자주 고백성사를 보게 되었다. 열 번 스무 번을 통회하고 사함을 청하지만 악착같이 붙

어 신앙생활에 걸림돌이 되었다. 성전을 정화하신 예수님의 정의로 다스려지기를, 그리하여 당신정의가 살아있기를 눈물을 흘리며 기도하였다.

그렇게 안간힘을 쓰며 하느님과 힘겨루기하면서도 성지와 성당을 찾는 일을 게을리 하지 않았다. 미사가 끝나면 연옥영혼을 위한 십자가의 길 기도도 거르지 않았다.

그러던 어느 날이었다. 여전히 하느님께 따지는 나에게 '그건 내가 너희 부부를 사랑했기 때문이다. 전에도 지금도 그 사랑은 여전하다.' 였다.

순간 가슴에 확 들어차는 사랑이란 단어가 가슴속 응어리를 스르르 녹이며 '나의 주님 나의 하느님' 하며 원망이 감사로 변하였다.

나는 흐느껴 울었다. '무소부재하신 하느님, 당신의 사랑으로 앞으로 남은 제 생을 의탁합니다. 당신 나라에 드는데 장애되는 것들을 거두시고 복된 죽음 허락하소서. 살아계신 나의 주님, 나의 하느님.' 이상한 일이었다. 그 이후 걷잡을 수 없던 분심이 사라지고 마음이 차분하고 고요해졌다. 내가 살아가는 힘의 원천은 여전히 하느님이 될 것이었다.

아직도 남편의 부재는 나를 서럽게 하고 그립게 하여 아프지만 사랑이신 하느님께서 죽는 그날 까지 나와 동행해 주실 것이니 이 또한 흐르는 세월에 실려 갈 일이었다.

당신을 사랑합니다

35년 이어온 인연, 부부모임 둥지다. 남편의 뒤를 이어 회장이 된 부부와 남편을 보필했던 총무님이 새집 입주 인사차 방문하면서 고운 호접란 분을 들고 왔다.

꽃말이 '당신을 사랑합니다.' 란다.

어제 딸과 데이트 중 회장께서 방문 하겠다 해서 자장면 대접을 조건으로 내세웠다.

아직 누구를 만나거나 대접하는 일이 허락되지 않아서이기도 했고 누군가를 위한 음식 장만은 더군다나 내키지 않은 터였다. 남편이 부재한 부부 모임에 당연히 탈퇴가 도리라 내 뜻을 전했다. 통화 내용을 듣고 있던 딸이 함께한 세월과 함께 쌓인 추억이 얼마인데 탈퇴냐며 유지하라는 피드백에도 난 이미 마음으로 결정해 둔 일이었다. 세 분의 반가운 얼굴을 대하니 만감이 교차했다.

새 회장께선 7년 전 자제 결혼식에서 덕담하는 남편의 동영상부터 열었다. 카랑카랑한 목소리를 들으며 자연스럽게 남편을 추모하는 시간이 되었다. 오랜 세월 만년 둥지 회장은 모두에게 좋은 사람이었다. 그동안 모임을 이끌어 온 남편의 덕목을 나누면서 나의 탈퇴 문제로 토론이 시작 되었다. 회장께선 둥지는 부부모임이 아니라 가족모임이란 점을 강조했다. 누구나 영원 길로 들어서는 것은 자연스런 순환의 법칙이고 남은 사람들은 계속해서 함께 하는 것이 맞다는 말이었다. 나는 가족 모임이란 말에 울컥했다. 남편과 함께한 추억이 녹아있는 소중한 모임이다. 내가 탈퇴를 고집하면 모임 자체를 해체하겠다는 말에 마음이 움직였다.

돌아가는 차 안에서 회장은 톡을 했다. '당신을 사랑합니다.' 호접란의 꽃말을 빌어 회원 모두의 마음을 전한다는 것을 왜 모르겠는가. 기꺼이 받아 안으며 고마움의 눈물을 쏟는다.

남편 1주기에 추모의 만남을 갖기로 했다. 나는 남편과 횡성 집에서 함께 했던 일기를 모아 추모 집으로 엮겠다고 했다. 습작한 시들을 엮으려 했던 애초 계획을 수정하는 순간이었다. 오랜 지인들과의 기억 속에 남편은 훌륭한 인품을 지닌 좋은 이웃으로 오래 남게 될 것이다.

'당신을 사랑합니다.'

긴 여운으로 남는 호접란의 꽃말이다.

남편의 영정을 향해 당신을 사랑합니다 입속으로 뇌이며 잠자리에 들었다.

나는 홀로 서럽고 하늘 길은 아득하고

2021년 06월 15일 초판 1쇄 인쇄
2021년 06월 25일 초판 1쇄 발행

———

지은이   장봉숙
펴낸이   강송숙
디자인   디엔더블유
인 쇄   디엔더블유
펴낸곳   오비올프레스

———

ISBN 979-11-89479-07-7

———

출판등록   2016년 9월 29일 제 419-2016-000023호
주   소   강원도 원주시 무실새골길 52
전자우편   oballpress@gmail.com